COLLECTION FOLIO

Frédéric H. Fajardie

Une charrette pleine d'étoiles

Gallimard

Né en 1947, Frédéric H. Fajardie est l'auteur d'une série de romans noirs brefs et violents qui ont révélé son tempérament d'écrivain. Il a également publié des nouvelles et des romans plus classiques, comme *Un homme en harmonie*, et travaille pour le cinéma comme scénariste et dialoguiste.

« *El que no suspira, llora**. »

« Maquina 501 »

« L'homme subsiste dans la vérité. Celui qui renonce à la vérité renonce à soi-même. Celui qui trahit la vérité se trahit lui-même. Je ne parle pas ici de mensonges, mais d'actes contre sa propre conviction. »

Novalis

« Lou, si je meurs là-bas, souvenir qu'on oublie,
— souviens-t'en quelquefois aux instants de folie,
De jeunesse et d'amour et d'éclatante ardeur,
Mon sang c'est la fontaine ardente du bonheur !
Et sois la plus heureuse étant la plus jolie
O mon unique amour et ma grande folie ! »

Guillaume Apollinaire

* Celui qui ne soupire pas, pleure.

Aux combattants républicains
de la Guerre civile espagnole.

A toi, mon Espagnole, mon amour, ma Francine
et à nos fils

30 mars 1938 / Ivry-sur-Seine

Les murs de briques rouges de l'usine, noircis par la suie et la fumée, renvoyaient les derniers accents de violons de *Sombre Dimanche*. Quelques couples évoluaient sur le pavé gras de la cour devant un public clairsemé, au plus une centaine d'ouvrières et d'ouvriers, tous grévistes.

— *Sombre Dimanche*, ça s'appelle. Tu vois... C'est de circonstance !

Henri Sajer, que ses amis surnommaient — à sa demande — « Riton » était du genre râblé. Il s'était embarqué dans la grève sans hésiter, de toute façon son zèle dans les luttes syndicales et politiques était incompatible avec une promotion quelconque au sein de l'Electro-Mécanique de Savoie.

Cette atmosphère particulière lui plaisait, la détente, le tutoiement général, l'usine en sommeil. D'autres à sa place auraient renoncé : à trente et un ans, marié et père de deux gosses, il ne pouvait se permettre de perdre cet emploi.

Son voisin, assis sur un fût d'huile renversé, arborait à sa boutonnière l'insigne — composé de trois flèches — de la SFIO. Il baissa *Le Populaire* et jeta un regard morne aux danseurs :

— De la merde, cette chanson !

Riton, étonné, observa Robert Harszfield comme s'il le voyait pour la première fois. Ce dernier, de sept ans son aîné, lui en imposait : grand, une silhouette un peu frêle, il portait des lunettes rondes à monture métallique. A l'usine, où il occupait un poste de tourneur, pour beaucoup, il était « le savant » en raison de son goût pour la lecture. Certains, à voix basse, l'appelaient « le youpin », « la guenille levantine » ou « le bitume de Judée », autant d'expressions sorties de *Gringoire*, *L'Action française* et autres journaux d'extrême droite, lus principalement par les agents de maîtrise et les cadres.

Harszfield se replongea dans son article.

— *Sombre Dimanche* ! Sombre connerie, oui !

Riton hocha la tête d'un air contrarié, alluma une gauloise pour se donner le temps de réfléchir, puis rétorqua :

— Eh, cette chanson-là, c'est compliqué. J'ai lu son histoire dans *Paris-Soir*, moi !

Harszfield le fixa de son regard de myope et répondit, gentiment ironique :

— Bigre ! Raconte vite !

Riton, un peu troublé, hésita... Robert était-il sérieux ? Allait-il se moquer de lui ?

— Alors, tu accouches ? insista Harszfield.

— Ben ça, ce que tu entends, c'est la version française, adaptée, comme qui dirait.

— Comme qui dirait.

— Oui. Mais, au départ, c'est hongrois. La Hongrie, tu vois ?

— Budapest, les bords du Danube, les violons...

— Tout juste. Et il y a un type, menuisier, qu'il était. Il était dans un cabaret qui s'appelle *La Grenouille verte*. Alors comme je te dis, il écoute *Sombre Dimanche* et dès que c'est fini, ni une ni deux : il se tire une balle dans la cafetière.

— Je comprends parfaitement sa réaction ! Ce type-là devait vraiment aimer la musique !

— Sauf que *Sombre Dimanche*, ça a fait comme qui dirait une épidémie de suicides : dix-huit bonnes femmes, des vieillards, des enfants. A Budapest, c'était comme une maladie, mon vieux ! Pas un guinche où on ne relevait un macchabée. Comme je te dis !

Harszfield replia soigneusement son journal, ôta ses lunettes d'un geste grave, se massa lentement l'arête du nez. Il avait l'air préoccupé...

— Tu te rends compte des conneries que tu me sors, Riton ? Tu ne crois pas que ce qui se passe ici ou en Espagne, c'est autrement important ? Pendant que tu délires sur *Sombre Dimanche*, au Brésil, on brûle les surproductions de café dans le foyer des locomotives.

Et, désignant les danseurs :

— Et même Louis qui danse sur cette foutue musique !

— Il est amoureux... plaida doucement Riton.

Harszfield sourit :

— C'est vrai. C'est une circonstance atténuante. Très atténuante.

La casquette sur l'œil, Louis Mena valsait en tenant fermement sa cavalière.

Le grand gaillard approchait la trentaine. Sa maturité tenait, selon lui, en une phrase, sa phrase favorite : « Je suis un pauvre type, mais moi, je le sais. » Ce n'était pas l'avis de sa fiancée qui l'admirait bien qu'elle ne sût que très peu de choses sur lui. Après avoir effectué son service militaire dans la même batterie d'artillerie que Riton, il avait pris des airs « affranchis » et avait vécu plus d'un an à Barcelone où sa révolte s'était structurée en haine de classe.

Il devait pourtant son changement radical, lequel l'avait fait passer de la délinquance larvée au militantisme, à un jour très gris et très brumeux de février 1934.

Ce matin-là, des types de Paris, bien habillés, distribuaient des tracts à l'entrée de l'usine où Sajer l'avait fait entrer deux ans plus tôt. Ces Parisiens, si chics avec leurs cannes à bout ferré, tendaient leur propagande d'Action française avec une morgue évidente.

Louis Mena et Riton se tenaient à quelques mètres et regardaient la scène, interloqués, lorsque Harszfield, un collègue récemment embauché, envoya un violent coup de tête dans la mâchoire d'un des Camelots du Roy.

Leur amitié et l'influence prépondérante d'Harszfield venaient de là, de cet instant où Louis Mena, suivi de Riton, comprit exactement où se trouvait sa place dans cette bagarre qui se poursuivit jusqu'à l'intérieur des paniers à salade.

— Tu as chaud ?

— Un peu, Louis.

— Tu danses trop, gigolette ! lui dit-il tendrement.

Mena, une fois de plus, mesura la difficulté à exprimer ses sentiments profonds. Les fines gouttelettes sur la lèvre supérieure de Lucie lui faisaient penser à de la rosée perlant sur des pétales de fleur. Sa fleur. Sa Lucie. Des gouttes de rosée qu'il aurait voulu boire. Mais comment oser dire une chose pareille ? Il se sentait bien incapable de se lancer dans des images qui traduiraient maladroitement l'instant magique, voire le détruiraient.

Ils s'aimaient depuis le premier jour, trois mois plus tôt, lorsqu'une copine lui avait présenté Lucie. Bagarreur, toujours en tête des cortèges du Front populaire et toujours prêt à débrayer pour aller débaucher les autres postes, Louis Mena ne comprenait pas très bien ce qui lui arrivait avec cette « gosse ». Certes, Lucie était la plus belle fille qu'il eût tenue dans ses bras, mais avec ses dix-neuf ans... Qu'importe ! Elle manquait totalement de culture politique et, loin de s'en offusquer, il arrivait à s'amuser de ses confusions incompréhensibles entre Blum et de La Roque... Sa robe rouge et ses bas noirs n'étaient pas du meilleur goût, mais avec des jambes aussi jolies... A présent, il aimait même l'amoncellement de bracelets qu'elle portait consciencieusement à chaque poignet !

Quant à Lucie, elle avait tout de suite pris au sérieux sa rencontre avec ce bagarreur. Jamais elle n'avait connu d'homme doué à la fois de force et de douceur, de virilité et de tendresse. Une harmonie sans doute rare qui la séduisait par-dessus tout.

Les murs crasseux renvoyaient une chanson très douce et Lucie serra plus fort la main de Louis en entendant :

Tout le jour, toute la nuit
Rien que toi, toujours, toujours
J'en suis éblouie...

La douce chanson s'arrêta là. Adrien, le préposé au gramophone, y substitua un chant révolutionnaire qui, visiblement, lui convenait mieux.

Louis et Lucie échangèrent un sourire, la jeune fille lui déposa un bref baiser sur les lèvres et lui dit :

— Faudrait quand même que je téléphone à ma sœur. Tu sais, l'accouchement, c'est pour bientôt.

Il crut déceler une vague arrière-pensée dans son regard, une ébauche de proposition. Peut-être le mariage, des enfants... Des enfants avec Lucie : une idée neuve qui le troubla.

Il répondit d'un sourire, sans la quitter des yeux, et cet acquiescement la fit rougir, puis rayonner.

Mal à l'aise, Mena chassa cette pensée.

— Appelle du bureau du patron. Quand on s'en va comme un voleur, on perd ses droits sur son téléphone.

Il jeta un regard sur les murs de l'usine, sur ses compagnons de travail et ajouta :

— Sur tout le reste aussi, d'ailleurs.

— Chiche !

— Chiche !

Elle l'embrassa de nouveau, longuement cette fois, puis s'éloigna vers l'escalier menant aux étages, sa petite robe rouge soulignant chacun de ses mouvements.

Même jour (30 mars 1938) / Ivry-sur-Seine

Xavier Chastenet pédalait avec cette indifférence propre aux ouvriers se rendant à l'usine de son père, l'Electro-Mécanique de Savoie. Plutôt mal à l'aise dans ce rôle d'emprunt, il se rassurait en se persuadant que, avec ses vingt-cinq ans, ses larges épaules et son puissant thorax, il pouvait passer pour un ajusteur. Ses traits dégageaient une certaine énergie même si — il ne l'ignorait pas — elle lui faisait en réalité cruellement défaut.

Il ressassa un instant sa condition de « bon à rien » vivant à l'ombre de son père et de son frère aîné. Ce dernier, Jean-François, était plus que déterminé. Il n'avait pas hésité à prendre le premier avion pour aller fêter en Italie, avec ses amis du Fascio, l'écrasement de l'Ethiopie. Il avait même rejoint récemment les rangs de la Phalange de Franco, en Espagne.

Quant à son père... Il le craignait depuis toujours. Il craignait sa voix puissante, ses paroles blessantes, ses colères violentes, son regard facilement méprisant, son caractère versatile. Un caractère qui ne cessait de s'altérer depuis le 4 mai 1936 et la victoire du Front populaire.

Xavier Chastenet pensait qu'il était temps pour lui de modifier profondément sa propre image. Au fond, cette grève pourrait lui en fournir l'occasion. Lui qui, en dix ans, n'avait que très rarement été admis dans l'usine — et encore, généralement après la sortie du personnel ou le dimanche — affronterait les occupants si nécessaire. Il se sentait capable de vaincre tous les dangers, et ses appréhensions, pour atteindre son but : étonner son père, lui signaler son existence par un coup d'éclat.

Il appuya la vieille bicyclette récupérée au grenier contre la porte de fer de l'usine, ôta sans hâte ses pinces à vélo et les suspendit au guidon d'un geste négligent.

Puis, avec un parfait naturel, persuadé que ses vêtements et sa casquette donnaient le change, il s'engagea dans la cour de l'usine.

Il sentait sa paupière gauche battre très légèrement, et ses mains peu sûres tremblaient imperceptiblement. Mais, la gauloise à la bouche, il traversa la cour sans incident. A peine fut-il effleuré par le regard un peu étonné d'un homme à lunettes assis sur un fût renversé.

Il pénétra dans les bureaux, s'orientant sans difficulté et gagnant sans cesse en assurance. Il ne doutait pas, à présent, du succès de son objectif : le bureau paternel et, plus précisément, le coffre-fort où se trouvaient encore argent et documents qu'il comptait bien ramener triomphalement chez ses parents. Il s'approcha de la salle de conférences, en ouvrit très délicatement la porte et demeura quelques instants stupéfait.

Ce qu'il voyait le prenait de court, l'immobilisait tel un papillon empêtré dans une toile d'araignée : une ouvrière, à quatre pattes sur le parquet, jupe relevée. Agenouillé derrière elle, un homme lui faisait l'amour, pantalon aux chevilles.

Presque fasciné, il ne pouvait s'arracher à cette scène,

pleinement conscient qu'il s'agissait là d'une illustration du mal, de ce mal qu'on lui avait décrit par le menu et qui était lié à la condition sociale des protagonistes : « des animaux », disait son père.

Il referma doucement la porte et, incertain, tenta de se concentrer sur son objectif. En contournant la salle de conférences par le bureau des secrétaires et celui des ingénieurs, il pourrait gagner l'aile droite de l'usine où se trouvait le bureau directorial.

Le soleil, au travers des vitres sales, poussiéreuses et pleines de chiures de mouches, alourdissait encore l'atmosphère de l'endroit. Xavier Chastenet remontait le long couloir, sans trop réfléchir, se contentant d'ouvrir prudemment chaque porte pour s'assurer que les pièces étaient vides.

La scène entrevue précédemment lui revenait sans cesse, l'obsédait par les détails qu'il retrouvait après-coup. Ainsi, l'homme avait des cuisses très maigres. Quant à la femme, elle ne portait ni bas ni culotte sous sa jupe et ses jambes épaisses, parcourues de veines bleues très gonflées, contrastaient avec celles de l'homme. En outre, ses cheveux gris tirés en chignon indiquaient un certain âge, dans tous les cas plus avancé que celui de son compagnon.

Impossible d'oublier cette image qui provoquait en lui une répulsion insupportable pour ces corps hideux, leurs halètements rauques, sans parler des odeurs qu'ils devaient dégager... Mais le plus révoltant pour lui était encore ce curieux sentiment qui l'envahissait lorsqu'il revoyait cette femme offerte, ouverte, si facile à prendre.

Ses tempes battaient, ses oreilles bourdonnaient, un état nauséeux le saisit. Heureusement, il arrivait devant la porte où une plaque émaillée indiquait en lettres bleues sur fond blanc : « La Direction ».

Sans même reprendre son souffle, pressé d'en finir, il tourna légèrement la poignée de porcelaine.

Elle était belle. Très belle et très brune. Une bouche un peu épaisse, un petit nez retroussé, de très longs cils... Assise sur le bureau, les pieds sur le fauteuil, elle regardait vers la fenêtre d'où parvenait une valse au tempo très rapide. Sa robe rouge était moulante et ses jambes écartées laissaient voir, au-dessus des bas noirs, une peau laiteuse.

Elle tenait le combiné téléphonique à deux mains, à la manière des gens peu familiarisés avec ce type d'appareil.

Chastenet ne s'arrêta pas à ce détail, fixant intensément l'espace de peau satinée entre le haut des bas noirs et la petite culotte blanche.

Il perdit un instant le sens des réalités : Dieu, le diable ou toute autre force surnaturelle lui offraient l'occasion de rejouer la scène entrevue dans la salle de conférences.

A ceci près que sa partenaire lui semblait à l'opposé de l'autre femme vieillissante et animale. Cette jeune fille était la plus jolie qu'il ait jamais rencontrée dans cette banlieue sinistre. Voire dans les salons bourgeois où sa mère l'entraînait en lui vantant les bienfaits du mariage.

Il ne s'attarda guère à rêvasser aux quelques principes moraux si souvent entendus. Un désir irrépressible s'empara de lui et, brusquement, il imagina la jeune fille à quatre pattes...

D'un geste vif, il ouvrit la porte, la claqua aussitôt derrière lui. Tout allait vite, trop vite, beaucoup trop vite pour qu'il puisse contrôler ses pulsions : le fil du téléphone arraché d'un mouvement brusque, le cri de la jeune fille étouffé par un baiser violent, la robe arrachée et littéralement fendue de haut en bas, un nouveau cri stoppé net par un uppercut, son corps qui chute, inanimé, comme abandonné à défaut d'être consentant et qu'il pénétrait sans douceur.

Soudain, la fixité du regard de la jeune fille, le sang à l'angle du bureau.

— C'est pas possible...

Les yeux agrandis de terreur, Xavier Chastenet desserra son étreinte et contempla le cadavre à demi dévêtu, la robe déchirée et froissée dans un coin de la pièce. La conduite à tenir lui apparut très clairement, très simplement : essuyer chaque poignée de porte avec son mouchoir et reprendre le chemin par lequel il était venu quelques instants plus tôt.

Il pensait même à allumer une autre gauloise lorsque, débouchant dans la cour, il eut la satisfaction de voir que l'homme à lunettes qui l'avait dévisagé à son entrée lui tournait maintenant le dos. Momentanément soulagé, il comptait les pas qui le séparaient de sa bicyclette lorsqu'une voix le figea sur place :

— Monsieur Xavier !

Il eut le sentiment d'étouffer, comme si sa vie s'effondrait à cet instant tel un château de cartes, et ne se retourna qu'après avoir entendu une seconde phrase, presque chuchotée :

— C'est très imprudent de venir ici, monsieur Xavier ! Ça grouille de rouges.

L'homme, âgé d'une cinquantaine d'années, devança la question que Chastenet était bien incapable de lui poser :

— Félix Nedelec. Mais on m'appelle « le Spahi ». Votre père lui-même m'appelle « Spahi », rapport à la guerre. Je suis contremaître... Vous savez, avec ces vêtements, j'ai failli pas vous reconnaître.

— Vous faites la grève ? demanda Chastenet d'une voix blanche.

L'autre, après un regard alentour, souffla :

— En service commandé pour monsieur votre père, comme qui dirait ! Faut pas avoir le trac, hein ?

Sans en écouter davantage, Chastenet monta sur sa bicyclette et parvint à s'éloigner à petite allure jusqu'au premier tournant.

Puis très rapidement.

8 avril 1938 / porte d'Italie, Paris

— Un Byrrh !

— C'est le troisième ! dit Harszfield d'un ton de reproche, cependant modéré dans la mesure où il comprenait, et partageait, le chagrin de Louis.

Le garçon de café jaugea ces clients inconnus tant pour satisfaire son goût des pronostics que pour supputer les pourboires à venir : le type négligé — Mena — allait se saouler. Ce genre de choses se devinait à de petits riens, par exemple une détermination dans la manière de vider son verre sans même l'apprécier. Le courtaud — Riton —, selon toute vraisemblance, allait le suivre à petite allure, un sur deux. Quant au cafardeux à lunettes — Harszfield — pas de doute : une tête de buveur d'eau...

Le garçon de café soupira et se pencha vers Riton :

— Monsieur ?

— Un Picon.

D'un mouvement de menton un peu sec, l'employé s'enquit des désirs d'Harszfield.

— Rien ! dit celui-ci qui se ravisa aussitôt : ou plutôt si, un Vittel-menthe.

Mena ne s'était pas rasé depuis huit jours. Il alluma une gauloise de sa main tremblante, jeta son paquet de cigarettes sur la table et adressa un regard dur à Harszfield :

— Qu'est-ce qu'il y a encore ?

Celui-ci baissa la tête. Il ne supportait pas la vue du visage ravagé de son ami, ses yeux verts injectés de sang, soulignés de cernes profonds, sa peau grisâtre, sa bouche à l'expression amère.

— Rien ! répondit Harszfield, il n'y a rien. Tu viens au meeting, ce soir ?

— Quel meeting ? demanda Mena, l'air hagard.

— Sur l'Espagne, à Luna Park.

— C'est pas au stade Buffalo ? demanda Riton.

— Non, ça, c'était avant-hier. Et c'était les communistes. Tu es informé, toi !

— Ah ! répondit Riton qui ajouta : aboule voir le *Popu*.

Mena regarda autour de lui avec un vague sentiment de bien-être. Le soleil couchant dorait les pavés de l'avenue. Un camion contemporain de la guerre de 14-18, à pneus pleins, fit gémir sa boîte de vitesses et s'engagea sur le boulevard Masséna. Les gens traînaient dans les rues ou se hâtaient vers leurs cafés favoris pour y boire leurs habituels apéros. Les fenêtres ouvertes déversaient les rengaines sirupeuses de Tino Rossi. Dans l'air flottait cette allégresse particulière liée aux premiers jours du printemps.

Riton, qui lisait un florilège des phrases du général félon Queipo de Llano, s'exclama :

— Queipo, quelle peau de cul ! Vieille charogne ! Ecoutez celle-là, du 26 juillet : « Les communistes auront la tête coupée par les Arabes et leurs femmes seront violées par les Maures. » Tu parles d'un « nationaliste » qui se fait aider par des Arabes pour défendre le Christ-roi !

Un violent coup de coude le fit sursauter, Riton jeta un regard d'incompréhension à Robert. Le mot « viol » qu'il venait de prononcer lui revint en mémoire et, avec lui, l'image de Lucie en sous-vêtements, le cri désespéré de Louis, les voyeurs devant ce corps presque nu.

— Ça va ! Ça va bien ! coupa Mena qui mit ainsi un terme à l'incident.

Consultant sa montre, il questionna d'un ton sec :

— Alors, il vient, le Spahi ?

— J'en sais pas plus que ça ! répondit Robert avec un geste d'impuissance avant d'ajouter : paraît qu'il fait la foiridon ici tous les soirs, mais moi, je ne l'ai pas vu. C'est la grande Mado qui l'a remarqué.

— La foiridon ? Avec quel pognon ? intervint Riton. Hein ? Avec quel pognon il fait la foire ? Ben, je vais vous le dire, moi, et c'est pas bien compliqué : c'est avec le pognon qu'il a affuré en venant nous espionner. Je comprends pas que le syndicat ait laissé aller et venir un contremaître dans l'usine occupée. Ça, je pige pas ! On aurait dû l'agrafer, et lui faire sa fête.

— Le voilà ! souffla Harszfield en tournant vivement la tête dans la direction opposée.

Louis Mena, de plus en plus intéressé, s'était brusquement mis au régime sec, bouleversant les pronostics du garçon.

En une heure, le Spahi avait dépensé l'équivalent de quinze jours de salaire, payant tournée sur tournée aux deux jeunes filles qui l'accompagnaient et même aux clients accoudés au bar.

Le serveur, l'air pincé, s'approcha d'Harszfield, Mena et Riton :

— Messieurs, on vous offre une tournée.

— Qui ? demanda froidement Mena.

L'employé se tourna à demi et, à travers la vitre, désigna le Spahi accoudé au bar :

— Le type, là-bas. Il se fait appeler le Spahi.

— C'est pas du toc, il a l'air d'en avoir plein les fouilles ! dit Riton en levant deux doigts pour désigner le couple de jeunes filles.

L'employé ébaucha une moue dédaigneuse et répondit :

— Sûrement la Loterie nationale. Au train où ça va, il sera vite ratiboisé. Alors, qu'est-ce que je vous sers, la même chose ?

— Rien ! On boit pas avec n'importe qui ! dit Mena.

Les deux autres, souriant, hochèrent la tête.

Plus tard / Kremlin-Bicêtre

Le Spahi oscillait de droite à gauche, faisant parfois de brusques écarts ou appuyant sa tête lourde contre un réverbère. Une des jeunes filles, par dérision ou par mépris, lui avait retourné les poches mais, incapable de s'en apercevoir, il titubait, heurtant de temps en temps la palissade de bois qui longeait le trottoir.

L'attaque fut très brutale, efficace, sans riposte possible : quatre mains empoignèrent le Spahi, l'entraînèrent vers la palissade juste là où quelques planches cassées ménageaient un étroit passage.

Le Spahi dessaoulait très vite. Suffisamment, en tout cas, pour voir que ses agresseurs, au nombre de trois, ne plaisantaient pas : le premier, dont il ne distinguait que le dos, ouvrait la marche tandis que les autres le tenaient solidement par chaque bras.

Heurtant des pierrailles et toutes sortes de débris qui jonchaient le sol du terrain vague, le Spahi, épouvanté, se trouva bientôt au bord d'un trou profond de cinq à six mètres au fond duquel dormaient des eaux mortes.

Il vit un visage à contre-jour de la pâle lueur de la lune, un visage dont seules la bouche et la mâchoire apparaissaient avec netteté.

Puis l'homme de l'ombre ordonna :

— Balancez-le !

Poussé violemment, il dégringola les pentes du trou dans un roulé-boulé difficile à contrôler. Plus douloureux fut le contact avec l'eau froide dans laquelle le Spahi disparut la tête la première.

Lorsqu'il émergea en suffoquant, il se rendit compte qu'il avait pied, l'eau lui arrivait à hauteur du sternum. Il réussit même à s'orienter, mais il éprouvait les plus grandes difficultés à regagner le bord. Le sol marécageux faisant ventouse, chaque pas lui demandait un tel effort qu'il dut bientôt s'aider de ses mains, tirant sur ses propres jambes. Il parvint cependant à se hisser à demi sur le bord et, les jambes disparaissant encore dans l'eau, il resta un long moment à reprendre son souffle, tentant difficilement de retrouver une respiration normale.

Presque dégrisé, il commençait à revivre cette agression à laquelle il ne comprenait pas grand-chose. Encore effrayé, il observa les bords de l'entonnoir, plus haut, mais n'y décela aucune présence. Perplexe, il sortit de l'eau, réfléchissant intensément. L'hypothèse qui lui sembla finalement la plus probable était rassurante puisqu'elle admettait le départ de ses agresseurs.

Tout bien considéré, il avait été très imprudent. Quel besoin avait-il eu de sortir de gros billets devant n'importe qui ? Sûr qu'une bande de voyous l'avait suivi, attaqué et, dépitée de lui trouver les poches vides, l'avait envoyé valser dans ce trou infect.

— Enfants de putes ! ricana le Spahi en remontant prudemment.

Ses mains tâtonnèrent un instant le sol, puis il se hissa un peu plus, prêt à souffler pour fêter sa victoire.

C'est à cet instant qu'il vit les trois ombres, immobiles, placées, une fois encore, à contre-jour de la lune.

L'un des hommes se détacha du groupe et vint vers lui, posa son pied sur son visage, lui écrasa le nez et, après une violente poussée, le Spahi redégringola dans l'eau fangeuse.

Il se tenait au centre de la mare, à l'endroit, précisément, où il n'avait plus pied.

Il regarda vers le haut : l'encerclant, ils jetaient des cailloux près de son visage chaque fois qu'il tentait de gagner le bord.

A présent totalement lucide, le Spahi entrevit la noyade. Il barbotait désespérément, mais sans se faire d'illusions quant à sa maigre résistance physique. Déjà, une crampe lui paralysait la cuisse droite et son corps glacé, ankylosé, semblait peser de plus en plus lourd.

Il s'imagina pourrissant dans ce cloaque à l'insu de tous, à quelques dizaines de mètres des piétons et des automobiles.

La vie se poursuivrait sans lui, tout en côtoyant son corps gonflé et pourri, prêt à éclater. Cette évocation décupla ses forces. Il se rua sur le bord. C'est à cet instant qu'une pierre lui heurta le front et qu'il disparut vers les profondeurs de la mare.

Même jour (8 avril 1938) / Le Havre

Des nappes de brume venues de l'océan noyaient Le Havre. Seul sur le quai, André Chastenet, frissonnant, remonta le col de son pardessus.

Il regardait s'éloigner le vieux cargo faisant la ligne d'Afrique orientale et dont le propriétaire, un ami sûr, avait consenti à faire escale à La Corogne afin d'y déposer Xavier.

« Là, il débarquera tranquillement », songea-t-il.

Solidement tenu par les nationalistes qui contrôlaient tout le nord de l'Espagne, à l'exception de la Catalogne, le port de La Corogne serait le point de jonction idéal pour ses deux fils.

Les mains en auvent pour protéger la flamme de son briquet, André Chastenet alluma une Pacific et exhala la fumée avec une évidente satisfaction à l'idée de ses deux enfants se couvrant de gloire — l'aîné était déjà capitaine — dans les armées du généralissime Francisco Franco.

Il songea ensuite à Xavier avec une certaine tristesse. Il ne croyait pas du tout à cette histoire d'une jeune ouvrière l'ayant surpris dans le bureau et qu'il aurait fait taire — définitivement ! — d'un coup de poing malencontreux.

Non, la tenue de cette petite pute en bas et porte-jarretelles, à quoi s'ajoutait le fait attesté qu'elle avait été violée, tout cela infirmait la thèse de son fils et ne laissait aucune place au doute.

Mais dans la mesure où seul le Spahi l'avait aperçu, Xavier ne risquait rien. En outre, en tant que patron de l'usine et employeur de la victime, Chastenet se faisait tenir au courant de l'enquête qui s'orientait de plus en plus vers l'hypothèse d'un crime de rôdeur. Le commissaire chargé de l'affaire et qui ne faisait pas mystère de ses sympathies PPF*, ajoutait complaisamment : « L'individu n'a eu aucun mal à s'introduire dans l'usine à la faveur du désordre qu'y font régner l'organisation syndicale et les partis de gauche. »

Il n'y avait donc pas lieu de s'alarmer. Sa tristesse était plutôt du regret. L'attitude de Xavier l'avait surpris. Cette idée courageuse de braver les rouges pour récupérer argent et documents, cela forçait l'admiration. Quant au fait qu'il se fût montré assez entreprenant, quoique maladroit, pour chevaucher à la hussarde l'autre petite pute, cela tendait à prouver un caractère mieux trempé qu'il n'y paraissait. Il s'était même déclaré prêt à affronter police et justice, intention certes irréaliste, mais louable dans son principe : rien ne garantissait en effet que la thèse de l'accident « malheureux » fût retenue. De tout cela émanait une impression de gâchis et, pourquoi ne pas l'avouer, d'injustice : ce fils valait mieux qu'il ne l'avait pensé jusqu'ici.

André Chastenet redoublait de tristesse. Une horrible intuition le tenaillait sans cesse : un de ces fils ne reviendrait jamais. Et ce ne pouvait être que Xavier.

Ce pressentiment l'affectait profondément, assombrissant par avance la joie de la « croisade victorieuse » en Espagne et ses répercussions ici même.

* Parti populaire français, parti fasciste de Jacques Doriot.

Dans ce paysage brumeux, humide et froid, Chastenet douta de l'importance qu'il avait accordé, toute sa vie, à la politique. Il lui sembla soudain qu'il était passé à côté de quelque chose de plus essentiel, mais n'arrivait pas à le formuler clairement.

L'antique cargo s'était dissous dans la brume. Chastenet regagna à pas lents son cabriolet Delahaye.

Il se sentait défait. Défait et vieux. Pour la première fois de sa vie.

Accoudé au bastingage, Xavier Chastenet regardait rêveusement les milliers de petites lumières du Havre. C'était comme un ciel scintillant qui aurait basculé sur l'arrière du navire, comme un manteau d'étoiles tombé sur le port.

Xavier passa sa main sur sa joue, là où, pour la première fois depuis quinze ans, son père l'avait embrassé. Ce geste et les quelques paroles maladroites mais gentilles qu'il lui avait adressées bouleversaient le jeune homme. Quel dommage que de telles attentions soient arrivées si tard et suite à des circonstances si peu reluisantes !

Il soupira et, une fois de plus, se colleta avec sa peur et son dégoût. De la politique, de la guerre, de la violence et de cette facilité avec laquelle on arrache une vie, même involontairement.

Comme avec cette Lucie.

A tout cela s'ajoutait l'appréhension de revoir son frère Jean-François, arrogant, blessant, insolent, paradant dans son uniforme de capitaine bardé de décorations et le pistolet en sautoir. L'ironie des forts, la morgue des puissants, leurs voix vulgaires et tapageuses, les rapports de compétition permanents, le mépris dérisoire des seigneurs du moment ignorant par bêtise qu'ils vieilliraient, comme tous les autres, puis déclineraient avant de disparaître sans laisser de souvenir.

Et c'est là, parmi ces brutes, qu'il lui faudrait tenir sa place, hurler avec les loups, éviter de devenir un objet de dérision.

Les lumières clignotaient et disparaissaient devant ses yeux fatigués. Il sursauta en voyant le second du navire qui s'accoudait à son côté.

— Alors c'est pour l'Espagne ?

— Oui, La Corogne.

— C'est en zone franquiste.

— Oui, je crois.

L'homme sortit de sa poche un paquet de celtiques froissé et le tendit à Xavier qui refusa poliment. Ils n'échangèrent plus une parole pendant quelques minutes, puis, d'une voix douce et triste, l'homme demanda :

— Qu'est-ce qu'ils vous ont fait ?

Surpris, Xavier répondit par une autre question :

— Qui ?

— Les petits enfants d'Espagne, les vieux, tout ce peuple qui se bat pour le droit et la légalité.

— Ils ne m'ont rien fait !

Comme si tout devenait clair à ses yeux, Xavier ajouta : et je ne compte rien leur faire. Je vais en Espagne pour des raisons privées.

L'homme parut étonné. Il jeta sa cigarette à la mer d'une pichenette et s'éloigna en disant :

— Excusez-moi.

Même jour (8 avril 1938) / Ivry-sur-Seine

Le Spahi, complètement nu, s'assit au bord du lit après s'être massé machinalement les fesses : le trajet, entre Le Kremlin-Bicêtre et Ivry, avait été une sorte de chemin de croix ponctué de coups de pied au derrière.

Epuisé et terrorisé, il osait à peine bouger. Avec prudence, il leva les yeux sur ses ravisseurs : Harszfield, appuyé contre la fenêtre ; Riton, qui barrait ostensiblement la porte, et Louis Mena.

Il comprenait mal le jeu de ce dernier. Il l'observait, les cheveux et sa barbe de huit jours mouillés, son corps nu enveloppé dans une couverture, un rasoir sabre à la main. Bizarre ce Mena : il l'avait sauvé de la noyade en plongeant dans la mare répugnante et était prêt maintenant à l'égorger s'il prononçait une seule parole de travers.

Eh bien, les choses fonctionnaient ainsi. Le monde changeait. Il y aurait de plus en plus de Louis Mena, de ces types apparemment calmes dans les yeux desquels, brusquement, apparaissaient des lueurs de démence.

Mena s'approcha. D'un coup sec, il entailla l'épaule du Spahi. Puis, sans même s'arrêter à la vue du sang, il gagna le coin cuisine où il attrapa une bouteille de rhum par le goulot. Revenant sur ses pas, il versa abondamment l'alcool sur la plaie.

Le Spahi serra les dents, retenant une plainte sous la brûlure du liquide pénétrant dans les chairs à vif.

A cinquante-trois ans, le Spahi ne nourrissait aucune illusion sur lui-même. Il se savait fini, lessivé si tant est qu'il eût jamais représenté quelque chose hormis peut-être, pendant la Grande Guerre. Ses souvenirs et ses décorations de combattant de 14-18 étaient bien le seul havre où il pouvait encore se réfugier, s'abriter de cette mer mauvaise qu'était sa vie. Aussi fit-il un effort pour vaincre sa peur et ne pas déshonorer son passé.

Louis Mena avait enfilé un chandail à col roulé et un pantalon. Lui aussi, par certains côtés, semblait au bout du rouleau, mais cette lassitude, le Spahi ne l'ignorait pas, pouvait encore être balayée.

Au loin, dehors, on entendit le sifflet d'une locomotive. Les pas de Mena résonnèrent sur le plancher tandis qu'il marchait de long en large, le rasoir dans sa main pendante. Cette ronde un peu folle — six pas dans un sens, six dans l'autre — dura plusieurs minutes, faisant monter la tension qui régnait dans la pièce.

Mena tira brutalement une chaise et s'assit à califourchon en face du Spahi.

Presque machinalement, il passa délicatement le fil du rasoir sur l'intérieur de son pouce, ne baissant pas les yeux lorsque le métal réfléchit la lumière vive de l'ampoule du plafonnier que n'atténuait pas l'abat-jour de fortune constitué d'une page du *Populaire*.

— Spahi, je sais pas encore ce que je vais faire de toi...

Louis Mena sembla réfléchir à la phrase qu'il venait de prononcer, comme s'il en pesait chaque mot. Puis, levant un regard fiévreux sur son interlocuteur, il demanda sèchement :

— Ton pognon, d'où il vient ? Attends, avant de

répondre, dis-toi qu'on a notre idée là-dessus, qu'on est renseignés... T'as vu pour la porte d'Italie ?

Le Spahi hocha la tête.

— Alors, fais bien gaffe à ta réponse !

Le Spahi n'hésita pas :

— Le pognon, il vient de la direction.

— Chastenet ?

Le Spahi resta muet, les yeux fixés sur le rasoir que Mena approchait de son nez.

— Je t'ai posé une question !

— Chastenet ! répondit vivement le Spahi.

— Et ça a un rapport avec Lucie ?

— Ça a un rapport !

— Raconte !

Un peu désemparé, le Spahi chercha le regard d'Harszfield, mais celui-ci, derrière ses verres de lunettes, semblait lointain, inexpressif.

— C'est une histoire un peu longue. Il fait froid. T'as pas un chandail ?

— C'est pas l'armée du salut, ici ! répondit Mena, impatienté.

Le Spahi, s'efforçant au calme, entreprit de raconter les choses comme elles lui venaient :

— Pour Lucie, c'est le fils Chastenet, le Xavier. Je l'ai vu à l'usine le jour du bal. Je lui ai même parlé. Il avait l'air pressé de mettre les bouts. Je le connais, le gosse, rapport à ce que chez les Chastenet, il m'arrive de donner un coup de main au jardinier.

— Attends, coupa Harszfield, je me rappelle un type... Oui, ça me revient... Comment il est, ce Xavier ?

— Qu'est-ce que ça peut bien foutre, Robert ? demanda Mena qui, d'un signe impératif, ordonna au Spahi de reprendre son récit.

— Le gosse était très nerveux, mais sur le coup j'ai

pensé qu'il avait simplement peur d'être reconnu. Alors quand on a trouvé Lucie, j'ai tout de suite fait le rapprochement, tu vois ?

— Continue !

— Je savais pas par quel bout prendre la chose. C'est-à-dire... Le père Chastenet, je le sentais à ma pogne, mais je savais pas trouver les mots pour lui proposer l'affaire. C'est le patron, quand même.

— Et alors ?

— Alors ? Ben c'est lui qui est venu me trouver avec du pognon. Il m'a expliqué que c'était un accident, rien qu'un accident.

Le silence tomba sur ces paroles.

Louis Mena s'imaginait la scène en observant les lattes du parquet blanchies par l'eau de javel et où les échardes se dressaient comme autant de pièges.

Le Spahi, mal à l'aise, précisa :

— Le Xavier, il s'est barré. Il a calté définitivement. En plus, le paternel va brouiller les cartes, mélanger les dates, acheter du monde : il pourra prouver que le gosse n'était pas en France au moment de ce qui est arrivé à la petite.

Louis Mena releva vivement la tête :

— Barré ? Où ça ?

— En Espagne, à la guerre. Parti rejoindre son frangin qui est griveton dans l'armée nationaliste. Probable qu'à cette heure, il est pas loin d'être rendu là-bas : le vieux l'a emmené ce matin.

Il se tut un instant, réfléchit et ajouta :

— J'en sais pas plus que ça.

Mena se leva lentement, replia la lame de son rasoir sabre et, ouvrant la porte palière jeta les vêtements mouillés du Spahi dans la cage d'escalier.

Puis, d'un ton sec, il lança :

— Fous le camp !

Riton, qui n'avait pas quitté un seul instant sa faction devant la porte, toisa le Spahi et précisa avant de s'effacer :

— Ce soir, fleur de pavé, tu nous as pas vus. On est d'accord ?

— On est d'accord.

La porte se referma.

Les trois hommes entendirent les pas précipités du Spahi qui dévalait l'escalier.

Et ce fut le silence.

Mena et Harszfield s'étaient accoudés au balcon de la fenêtre. Silencieux, ils regardaient la gare de marchandises.

Derrière eux, étendu sur le lit, Riton ronflait doucement.

— Qu'est-ce qu'on va faire ? demanda Harszfield.

Mena jeta le mégot de sa gauloise qui tourbillonna avant de chuter sur le bitume, trois étages plus bas.

— Vous, vous ne faites rien.

— Comment ça ?

— Moi, je vais y aller.

— Quoi, en Espagne ?

— En Espagne.

— Chez Franco ?

Mena ne répondit pas. Il regardait la gare, l'aube, et, au loin, les cheminées d'usines. L'immeuble d'en face s'animait. Des lumières, allumées dans les cuisines, crevaient ici et là la façade de briques et se reflétaient sur l'asphalte mouillé. Un ouvrier, casquette enfoncée, cache-nez autour du cou et musette à l'épaule sortit de la cité, s'arrêta après quelques pas, alluma une cigarette qui le fit tousser, reprit le chemin de l'usine.

Mena émergea de sa rêverie :

— Je vais pas chez Franco, bien sûr. Je vais de l'autre côté.

— La République ? T'as regardé la carte des opérations, Louis ?

— M'en fous !

— Ça va plutôt mal pour la République. Et cette saloperie de non-intervention ne profite qu'aux fascistes. C'est vraiment mal engagé, maintenant.

— Je m'en fous. Je me fous même de crever là-bas pourvu que je retrouve l'autre ordure.

Harszfield, au comble de la nervosité, tendit la main vers son ami :

— File-moi une pipe !

Etonné, Mena marqua le coup :

— Tu fumes, maintenant ?

— Je fumais, dans le temps.

Mena haussa les épaules et tendit son paquet.

Fumant en silence, ils se tenaient coude à coude. Là-bas, sur la rotonde, plusieurs locomotives attendaient tandis que l'une d'entre elles manœuvrait sur le pont tournant en lâchant de puissants jets de vapeur. Tels des entraîneurs attentifs auprès de leur champion, deux silhouettes en bleu de chauffe s'affairaient autour de la machine.

— C'est une Pacific 231 ! dit Mena.

— Tu t'y connais ?

— Les trains, ça me fait rêver. C'est bête, mais en les regardant, je peux rester des heures à m'imaginer que je les conduis très loin de cette saloperie d'usine, des fumées, des chefs et de tous les emmerdements.

— On a tous des trains, des avions ou des voitures à chevaux dans la tête, Louis.

— Tiens, celle de gauche, c'est une allemande des dommages de guerre, une « P 8 » de la Reichsbahn du type 2-3-0.

— 2-3-0 ?

— Ça veut dire que les deux premières roues que tu vois sont juste porteuses non motrices. Les trois grosses derrière sont des motrices accouplées. Et il n'y a pas de porteuse en queue. Tu piges ?

Harszfield hocha la tête et profita d'un court silence pour revenir au sujet initial :

— Louis, si tu dois te battre en Espagne, il ne faut pas partir en pensant comme ça. Chastenet, ça n'empêche pas la réalité de la lutte du peuple espagnol contre l'ordure galonnée et cléricale.

— Si ça peut te faire plaisir, t'as qu'à voir en moi un combattant de la liberté.

— Plaisante pas là-dessus !

Mena, irrité par les leçons de son ami, haussa le ton :

— Quoi, plaisante pas ? Quoi ? Qu'est-ce qu'il en restera, de l'Espagne, dans cinquante ans d'ici ? Et en France, qui se souviendra du Front popu ? Qui soupçonnera l'existence de l'Electro-Mécanique de Savoie qui aura été vendue, rasée, ou qui fabriquera des ouvre-boîtes ? Qui se souviendra de toi, de moi, de Riton, de nos luttes, de nos espoirs, des coups de bâton reçus ? Dans quel état de pourriture se trouvera ce pays ?

Harszfield hocha la tête, souriant d'un air confiant, et répondit calmement :

— Je suis bien tranquille que dans cinquante ans, du train où vont les mentalités, le socialisme sera universel !

Mena dut faire un effort pour ne pas s'emporter de nouveau.

— Tu me fais marrer ! Au train où vont les mentalités : mais mon pauvre Robert, t'as vu l'Allemagne ? T'as vu l'Italie ? Tu vois ce qui se prépare en Espagne ? Nettoie tes lunettes, nom de dieu !

— Accidents de l'histoire ! Cette vermine sera balayée !

Pris d'un irrésistible élan de tendresse, Mena ébouriffa les cheveux d'Harszfield.

— Sacré rêveur !

— Pas du rêve, Louis, du travail. Un travail patient. Bien sûr que, dans cinquante ans, nous serons tous les trois oubliés. En ce qui me concerne, c'est une certitude absolue parce que je n'aurai ni femme ni enfants.

— Ben tu vois, moi, j'ai jamais connu mes parents. A nous deux, on fait une sacrée paire !

Harszfield s'arracha à la contemplation de la gare et regarda Mena bien en face.

— Louis, justement ! L'orphelinat, le petit garçon que tu as été...

Mena le coupa sèchement :

— J'ai jamais été un petit garçon. Le petit garçon, ils l'ont tué à coups de lattes, de soupe aux choux et de dortoirs glacés où tu pleures sous tes draps parce que tu n'as personne au monde.

— Et qu'est-ce que j'ai connu, moi ? Mon père et ma mère battus à mort devant moi quand j'avais huit ans par des salauds d'antisémites lithuaniens.

Mena pressa l'avant-bras de son ami sans dire une parole et Harszfield reprit :

— Plus jamais ça, Louis ! Plus aucun gamin pour vivre ce qu'on a vécu. C'est vrai qu'on a qu'une vie et que pour nous, c'est foutu. Mais la révolution, c'est pour les gosses qu'il faut la faire, pour tous les gosses malheureux. Les gosses passés, présents et à venir. Et justement, je te jure que je suis sincère quand je te dis que le fascisme, c'est une machine à fabriquer du malheur et que c'est pour ça qu'il faut leur écraser la gueule !

Mena se reprit. Il alluma une nouvelle cigarette pour se donner une contenance et regarda un train filant vers le sud, un de ces grands trains aux wagons dorés et bleu nuit qui ne s'arrêtaient jamais dans cette banlieue.

— Je pensais pas vraiment ce que j'ai dit, Robert. De toute façon, l'Espagne, j'avais mauvaise conscience depuis le début. Peut-être qu'il me manquait simplement un prétexte, même si ça enlève rien au fait que le Chastenet, je vais essayer de le retrouver.

— Ça ne va pas être vivable de te savoir tout seul là-bas en face de ces ordures.

Mena ne répondit pas tout de suite. Il songeait à la phrase de Queipo de Llano lue par Riton quelques heures plus tôt :

— T'inquiète pas que les fascistes, même s'ils me coupent les couilles, ils apprendront d'abord à me connaître.

— Tu comptes partir quand ?

— Tout à l'heure. T'as qu'à partager mes frusques avec Riton... Le partage, ça vous prendra pas plus d'une minute ou deux !

Harszfield, qui se sentait ankylosé, se redressa.

— Tu pars comment ?

— T'inquiète pas. Je passerai la frontière de nuit. Je l'ai déjà fait en 31.

— Pas question ! Pas de ça, Louis. Ton départ, je vais arranger ça. Et puis en 31, il n'y avait pas la guerre. Au parti, ils m'indiqueront un passeur, un point de chute, des combines et une unité commandée par un des nôtres. Laisse-moi au moins faire ça.

Mena ne protesta pas, même s'il trouvait excessifs les soins dont l'entourait son ami. Entre hommes, c'était un peu gênant mais, par ailleurs, il avait réellement l'impression d'exister puisqu'on le prenait en charge :

— Fais comme ça te chante, vieux, mais fais vite : le temps travaille pas pour les républicains.

10 avril 1938 / Paris

Harszfield et Mena se levèrent en même temps, laissant Riton seul à la terrasse de la brasserie :

— Ce sera pas long ! dit Harszfield.

Le boulevard Magenta avait un air de fête, égaillé par les taches claires des robes des jeunes filles.

Au milieu de la rue, le chauffeur d'une Rosalie et celui d'une Fiat Balilla étaient sur le point d'en venir aux mains sous les encouragements de quelques badauds pousse-au-crime.

— C'est là ! dit Harszfield en resserrant le nœud de sa cravate.

L'immeuble était imposant, parfaitement bourgeois dans sa façade qui ne se distinguait en rien des autres. Mena observa le lieu, amusé de pénétrer ainsi dans le siège de la fédération parisienne de la SFIO. Cette architecture si conformiste abritait donc un grand parti ouvrier.

Ils furent reçus par un homme, jeune et élégant, qui se présenta brièvement. Député du centre de la France, il appartenait à l'aile gauche du parti, dite pivertiste. Il ajouta même qu'il ne pensait pas pouvoir être réélu aux prochaines élections législatives prévues pour 1940.

Jugeant sans doute qu'il en avait assez révélé sur lui-même, il se tourna vers Harszfield qu'il écouta avec attention, ne l'interrompant qu'à deux reprises pour se faire préciser certains détails.

— Tu dois, continuait Harszfield, être tout à fait convaincu, comme nous le sommes, que c'est de notre propre sort dont il s'agit en Espagne. Or, là-bas, la situation est devenue critique du fait de la non-intervention imposée par le camarade Blum et que le...

Il fut coupé par le député qui, levant la main, dit d'un air las :

— Je t'en prie, camarade, pas de ces vaines polémiques. Tout a été dit là-dessus.

Un instant démonté, Harszfield reprit :

— D'accord ! Mais j'ajoute qu'avec ou sans ton aide, ce camarade sympathisant partira...

— Tu n'es pas membre du parti ? demanda le député à Louis resté silencieux.

Mena crut sentir une désapprobation à laquelle il repondit en contre-attaquant :

— J'ai fait de la prison. Un peu, quand j'étais jeune... J'approuve pas non plus le parti sur la non-intervention.

Le député hocha lentement la tête :

— C'est bien, c'est bien ! Je vais m'occuper de ton passage tout de suite. Mais tu sais... Je crois qu'en Espagne, c'est foutu. Je ne te dis pas ça pour te décourager. Après l'Espagne, la guerre viendra ici. C'est inéluctable, c'est la logique des choses. Alors nous serons encerclés par les pays fascistes et les Anglais ne bougeront pas.

Il se retourna et observa longuement Mena avant de reprendre :

— Ne te fais pas tuer en Espagne. Pour toi, bien sûr, mais pour nous aussi. Nous aurons très vite besoin d'hommes tels que toi.

Ils descendaient vers la place de la République, marchant de front et parlant peu.

Leur tristesse contrastait avec l'animation des rues traversées par le vent printanier très doux.

Louis, sans trop savoir pourquoi, songea aux masques à gaz distribués à la population l'année précédente et qu'ils devaient tous payer, en versements échelonnés sur cinq ans.

— Hé, dit-il, si ça dure longtemps en Espagne, comment je vais payer mon masque à gaz ?

Ils se regardèrent, surpris tout à la fois par la justesse de la remarque et son incongruité, puis Riton, le premier, fut pris d'un fou rire, bientôt imité par les deux autres.

Harszfield approuva :

— Renvoie-le à Daladier avec un mot d'excuse !

— C'est ça, renchérit Riton, un petit mot disant : salopard, colle-toi ton masque à gaz où tu sais. Vu que tu chies dans ton froc devant Hitler on est sûr, au moins, qu'il servira à quelque chose !

Quatre ou cinq triporteurs de chez Nicolas faisaient la course sur le boulevard, ce qui fit dire à Mena :

— Tiens, ôtez vite vos gapettes, les gars : voilà une division mécanisée de l'invincible armée française qui passe !

— Je vois bien Nectar* dans le rôle du général en chef ! ajouta Riton.

Ils rirent à nouveau, conscients du caractère un peu factice de leur bonne humeur, seule défense contre la tristesse et l'angoisse.

* Personnage figurant dans la publicité un livreur de chez Nicolas, très populaire dans la France des années trente.

— Fais quand même gaffe, Louis ! dit Harszfield d'un ton qu'il voulut détaché.

— Dis, je suis pas un novice ! Demande voir à Riton ce qu'il en pense !

— Ça, sans blagues, comme pointeur, Louis, c'est quelqu'un. S'il avait fermé sa gueule, il aurait pris du galon.

— On n'en parle plus ! dit Mena soudain mal à l'aise devant le tour que prenait la conversation.

Puis, presque aussitôt, il lança :

— Un banquet d'adieux, les poteaux, ça vous dirait ?

— T'es notre invité ! répondit Harszfield d'un ton sans réplique.

11 avril 1938 / gare d'Austerlitz

Louis Mena posa sa petite valise de bois bouclée par des mètres de ficelle et son sac de toile, s'accouda au buffet de la gare et commanda un café crème.

Déjà, il se sentait seul, malheureux et angoissé, à peine réconforté par le souvenir de Robert et Riton arrivant à l'aube avec des saucissons, des camemberts, des boîtes de sardines à la tomate, du vin, des tricots de laine et même des livres de Karl Marx car, comme l'avait précisé Robert :

— Faudra bien que t'aies quelque chose à bouquiner dans les sierras au-dessus de Madrid.

Louis Mena portait son unique costume, d'un gris uni, et une casquette assortie.

Une part de lui-même tentait bien de céder à l'enthousiasme de l'aventure — et à l'indéniable justesse de la cause — mais elle avait fort à faire pour y parvenir.

Il but son café crème à petites gorgées et observa les hommes et les femmes qui discutaient en mangeant des croissants. Personne, dans cette foule, ne semblait partir pour l'Espagne. Pire, avec le flux des réfugiés, il semblait à Louis qu'il remontait une colonne en déroute pour gagner le front et ses combats.

Seul.

La voix nasillarde diffusée par les haut-parleurs de la gare annonça le train en partance pour Toulouse. Mena régla sa consommation et se dirigea vers le quai n° 4.

Il allait y arriver lorsque plusieurs policiers en civil, rejoints par des gendarmes mobiles, lui demandèrent ses papiers.

Il obtempéra sans discuter.

L'inspecteur les regarda attentivement, puis ordonna sèchement :

— Ouvre ta valise !

— Mais... Je peux pas, il y a trois mètres de ficelle autour...

— Tu veux qu'on t'emmène au poste ?

Mena, avec ses dents, parvint à couper la ficelle d'emballage sous le regard ironique des policiers.

L'inspecteur se baissa et avisa immédiatement les livres de Karl Marx.

— T'es communiste ?

— Ça me regarde, ce que je suis.

— Tu lis des livres communistes !

— Ils sont pas interdits, ces livres.

— Exact ! répondit le flic en répandant, à dessein, le linge de corps et les chemises de Louis sur le bitume sale de la gare.

— Vous avez fini ? demanda patiemment Louis.

— Ramasse tes merdes ! ordonna l'inspecteur.

Mena jeta un coup d'œil à la pendule de la gare, puis se hâta de rassembler ses affaires et de remettre tant bien que mal la ficelle en place. Lorsque ce fut fait, il se leva et regarda l'inspecteur dans les yeux :

— Vous en avez fini, avec moi, ou il y a autre chose de prévu ?

— T'es clandestin et tu vas en Espagne !

— Non, Toulouse. J'ai de la famille là-bas.

Le flic, qui ne parvenait pas à dissimuler sa haine, lança :

— J'espère que les Arabes de Franco te couperont les couilles !

Mena, la valise à la main, esquissa un sourire ironique et répondit :

— Ça prouvera que moi, au moins, j'en avais !

Puis il tourna les talons et se dirigea vers le train.

Mena essaya de tromper sa tristesse en s'accoudant à une des fenêtres d'un wagon de tête, et regarda la foule avec lassitude.

Il se sentait déjà différent de tous ces gens et loin de leurs problèmes quotidiens. Même minable, même quantité négligeable par rapport aux grands bourgeois s'en allant vers le sud pour y passer le printemps, il avait cependant l'impression d'une divergence essentielle : il allait participer à l'histoire, y entrer, la faire.

Son attention fut brusquement attirée par deux silhouettes qu'il aurait reconnues entre toutes : Robert et Riton.

Fou de joie, il leur adressa d'énergiques signes de la main avant de descendre sur le quai et de courir à leur rencontre. Il vit tout de suite la valise de Robert et, n'osant comprendre, il demanda :

— Qu'est-ce que ça veut dire, Robert ?

Harszfield se laissa aller à sa joie, répondant simplement :

— Je pars ! Je vais foutre la pile aux fascistes ! Ça m'a pris tout à l'heure. Comme ça !

Il claqua des doigts.

Mena, qui tentait de se donner du recul, fronça les sourcils.

— Ecoute, Robert, t'as pas fait de service militaire. T'as même jamais vu un fusil...

— Et alors ? A part toi, là-bas, qui le sait ? Tout ce qui est technique, ça s'apprend, Louis, ça se maîtrise. Et puis au comité Espagne, j'ai appris l'espagnol.

Mena sourit et observa son ami qui, lui aussi, portait son unique costume et une casquette bleu marine.

— Ben, Robert, je sais plus très bien quoi te dire...

Harszfield se rembrunit brusquement :

— Tu sais que j'ai failli louper le train à cause d'une saloperie de flic ?

— Il m'a cherché aussi !

La voix du haut-parleur ordonna aux passagers de monter en voiture.

Mena et Harszfield grimpèrent dans le wagon puis, par la fenêtre ouverte, ils serrèrent longuement la main de Riton qui, les yeux rougis, répétait :

— Ben merde, les copains, ce que je vais être seul, maintenant ! Ah, ben merde, alors !...

Harszfield renonça à entrer dans le détail, répondant simplement :

— Tu feras du travail politique pour trois ! Et puis il y a tes gosses, Riton !

Les premières secousses ébranlèrent le convoi.

Riton remonta le col de son blouson de cuir et, haussant sans arrêt les épaules :

— Vous allez me manquer, les gars !

Harszfield et Mena, marchant dans le compartiment à contresens du train, gagnèrent la porte donnant sur le quai.

Riton avançait de plus en plus vite, il se mit à courir.

— Maintenant que je suis seul, les « deux cents familles » vont me tomber sur le râble !

L'énormité de la chose fit sourire Louis Mena qui cria :

— Peut-être pas les deux cents, Riton. Ou alors pas toutes d'un coup !

Riton courait le long du train, à la hauteur de ses camarades. Le quai finissait là et, d'un bond très souple, Riton sauta dans l'étroit intervalle situé entre les ballasts.

Des voyageurs, aux fenêtres des compartiments, encourageaient Riton qui, les yeux exorbités, à bout de souffle, trouva le regard de Mena. Il lui tendit désespérément la main... et fut vigoureusement hissé sur le marchepied.

Quelques secondes plus tard, se tenant par le cou, front à front, les trois hommes formèrent une ronde enfantine à l'intérieur du wagon.

Le train, prenant de la vitesse, fonçait vers Toulouse. Et l'Espagne.

Harszfield pensa qu'il ne serait plus jamais aussi heureux qu'en cet instant, pareil à ses amis, comme s'il vivait déjà dans un monde de justice et d'égalité sociale.

Puis, presque aussitôt, il songea qu'ils n'en reviendraient peut-être pas. Ou pire encore : qu'ils n'en reviendraient pas tous.

13 avril 1938 / frontière franco-espagnole

Leur seule préoccupation, à présent, consistait à mettre un pied devant l'autre sans trébucher sur les étroits sentiers de montagne et ne pas se laisser distancer par le guide. Quant à la fatigue et au vent glacé, mieux valait ne pas y prêter attention.

Le voyage avait mal commencé. Leur premier contact ne se trouvait pas au rendez-vous si bien que n'osant pas quitter la gare, ils s'étaient assis sur un banc, dans le grand hall.

Le trio — deux hommes en costume et casquette tels des ouvriers endimanchés, et un troisième en blouson de cuir — représentait pour un policier, avide de se faire valoir et sachant la frontière officiellement fermée sur ordre du gouvernement français, une occasion à ne pas rater.

Les trois clandestins en puissance n'échappèrent pas à la fouille en règle, avec déshabillage au poste ; vêtements, valises, portefeuilles : tout fut passé au crible. Pas plus qu'aux tentatives d'intimidation, de menace sans fard ou de rapprochement hypocrite au nom de la fraternité prolétarienne et de la grande solidarité antifasciste...

Mais rien n'y fit : Harszfield, Mena et Riton possédaient une telle expérience en matière d'interrogatoires de police qu'ils écœurèrent les fonctionnaires toulousains pourtant très dynamiques.

Relâchés, ils retournèrent immédiatement à la gare, presque docilement. Ils furent aussitôt abordés par une jeune femme qui se révéla être leur contact. Elle leur indiqua un passeur et leur conseilla un tortillard en partance pour les Pyrénées-Orientales.

Le compartiment vers lequel se dirigeaient les trois hommes était déjà bien animé. Les occupants, visiblement des paysans ou des ouvriers agricoles, avaient l'air de se connaître depuis des lustres. Ils avaient tous à peu près la même allure : de bonnes joues colorées, des grosses moustaches à la gauloise et des vêtements rustiques et amples. L'arrivée des trois Parisiens jeta un froid dans cette ambiance familiale et fit baisser d'un ton les conversations bruyantes. Mena repéra tout de suite deux femmes — les seules — affairées à préparer de solides tartines de lard. Ils s'installèrent — lui et ses compagnons — sur un bout de banquette resté libre.

La réserve des paysans ne se réchauffa point lorsque Mena entreprit d'expliquer à Harszfield le fonctionnement d'un canon de 75. La décontraction de Riton sauva la situation... sans le vouloir. Connaissant par cœur le genre de leçon, il s'enfonça confortablement dans la banquette et se mit à siffloter *La Jeune Garde*. Ce qui eut pour effet immédiat d'installer un silence total parmi leurs voisins qui, décidément, avaient du mal à adopter ces nouveaux venus. Puis doucement, un vieil ouvrier agricole siffla *L'Internationale*, peu à peu reprise par la totalité des voyageurs.

Le courant passait, le jeu continua. Après s'être consultés du regard, les trois Parisiens chantèrent *Allons au-*

devant de la vie à quoi les autres répondirent avec *La Carmagnole*.

C'est à cet instant que, pris d'une inspiration subite, Harszfield entama *Gloire au 17ᵉ*.

Une réelle émotion s'empara des paysans : qu'un ouvrier parisien puisse chanter « leur » chanson, celle de ce 17ᵉ de ligne qui, refusant de tirer sur les vignerons, avait mis la crosse en l'air malgré les menaces des officiers, ils ne croyaient pas la chose possible. Et bientôt le vieux Sud-Ouest radical tendit la main au prolétariat...

Les conseils et les adresses pleuvaient, comme si la Catalogne ne se trouvait pas de l'autre côté de la frontière mais à quelques kilomètres des fermes où ces hommes travaillaient. Et c'est vrai qu'elle commençait de ce côté des Pyrénées.

Le groupe n'éclata que bien plus tard, après de nombreuses tournées dans un café où les attendait leur guide, furieux de voir arriver des clandestins aussi bruyants.

Le guide leur menait la vie dure, imposant un train d'enfer, bien qu'il eût lui-même largement dépassé la soixantaine. Peu bavard, il répondit en bougonnant aux questions d'Harszfield. Celui-ci apprit tout de même que l'homme était né quelques années après la Commune. Ce vieux socialiste devait être venu au monde les idées politiques chevillées au corps et ne s'était sans doute jamais écarté de la route qu'il s'était tracée.

Entendant les trois Parisiens souffler et ahaner dans son dos, le guide ressentit une certaine pitié et ralentit très sensiblement l'allure. Après tout, ces hommes étaient certes jeunes, mais manquaient d'entraînement physique.

Jeunes comme les dizaines d'autres — et jusqu'à des gamins de seize ou dix-sept ans — qui, avant eux, avaient tout quitté : pays, famille, amis, travail, habitudes et douceur des lits... Tout cela pour aller risquer de laisser leurs os dans une de ces centaines de petites batailles jamais mentionnées dans les communiqués et qui, pourtant, mises bout à bout, s'appelaient « Guerre d'Espagne ».

Le vieux guide se retourna vers eux et, bien que ce ne fût absolument pas dans sa nature, chercha à les réconforter.

— C'est bien les gars ! Pour des ouvriers parisiens, vous tenez bien la cadence.

Harszfield rehaussa ses lunettes, essuya son front ruisselant de sueur, puis, après un bref sourire :

— Merci ! Mais... C'est encore loin, l'Espagne ?

Le vieux guide sourit à son tour et répondit :

— L'Espagne, ça fait dix minutes que vous y êtes !

Les trois hommes, le regard brillant, posèrent leurs bagages et se serrèrent la main un peu solennellement, comme s'ils venaient d'arriver sur la lune.

Riton soudain conscient d'avoir quitté la France et donc femme et enfants se donna un peu plus de courage en lançant :

— Franco, sale charogne, on va te faire danser le fandango des damnés de la terre !

Le vieux guide sourit tristement. Combien en avait-il entendu des exclamations de ce genre ou sur d'autres registres : humour, colère, menace, détermination farouche, paroles vengeresses ? Mais la plupart des hommes qu'il avait entendus gisaient aujourd'hui dans une fosse commune anonyme alors que Franco et sa bande d'assassins gagnaient chaque jour du terrain, recevaient chaque jour du matériel flambant neuf et, chaque jour encore, augmentaient leur crédibilité auprès des chancelleries.

— Vous savez où aller ? demanda-t-il.

Harszfield hocha la tête :

— On nous envoie chez un colonel dont le régiment d'artillerie se trouve à Gérone. De là, on sera aiguillés vers le front de Madrid. Au fait... C'est loin, Gérone ?

— Gerona. Faut prendre l'habitude de prononcer à l'espagnole. Enfin, en castillan. En catalan, ça se dit Girona.

Le vieil homme se tut et réfléchit un instant :

— Girona, c'est pas tout près. En civil, vous risquez d'être contrôlés tous les quarts d'heure, interrogés, pris pour des espions... Alors voilà : vous allez descendre tout droit, en suivant le sentier. Au premier village que vous verrez, vous demanderez le lieutenant Hernandez. C'est un type sûr, un ancien de la Guardia de Asaltos. Et un ami. Vous lui direz que vous venez de la part de Miravilles. Miravilles, vous vous souviendrez ?

— Miravilles, entendu ! répondit Harszfield. Et qu'est-ce qui va se passer ?

— Il a l'habitude. Vous serez incorporés sur-le-champ, ce qui vous évitera trois mois de classes dans une caserne. D'autant que vous recevrez un ordre de mission. Après, vous pourrez remettre tout cela en ordre chez votre colonel de Girona.

Il hésita une nouvelle fois et ajouta :

— J'aime pas trop donner des conseils, mais évitez les Brigades internationales. Elles font du bon travail mais elles sont dures, surtout pour ceux qui ne sont pas communistes. On dit des choses... Les combattants, c'est des combattants mais à l'arrière, dans l'Espagne d'aujourd'hui, il y a beaucoup de policiers... Et puis quand on vient se battre pour l'Espagne, vaut mieux lutter côte à côte avec des Espagnols.

— On y pensera ! répondit Harszfield un peu déconfit et perplexe.

— Alors bonne chance ! Et ne faites pas de cadeaux, les autres ne vous en feront aucun !

— On n'a pas fait autant de kilomètres pour faire des cadeaux ! dit Harszfield, cette fois franchement irrité des conseils de cet homme qui prétendait ne pas aimer en donner.

Quelques instants plus tard, le col relevé, la valise misérable heurtant l'escarpement, les chaussures de ville mises à rude épreuve par l'état du sentier et l'enthousiasme un peu douché, les trois fugitifs descendaient vers la vallée sous le regard songeur du vieux guide. Il hocha la tête en murmurant :

— Pauvres types !

Cette expression, loin d'exprimer un quelconque mépris, reflétait une réelle compassion.

14 avril 1938 / zone espagnole près de la frontière

Ils se regardaient, étonnés. Avec leurs longues capotes et leurs bonnets de police à pompon, ils ressemblaient brusquement à d'autres hommes, presque à des inconnus. Harszfield, pourtant le parfait prototype de l'intellectuel antimilitariste, était encore le plus drôle.

L'officier de la Guardia de Asaltos fouilla du pied dans un tas de capotes sous le regard indifférent d'un sergent affligé d'un sérieux strabisme.

Sur certains uniformes, le sang séché formait d'épaisses taches sombres et l'officier, se contenant difficilement, maugréa à l'adresse du fourrier :

— Je t'avais dit de faire nettoyer ces uniformes ! Je te l'ai dit trois fois !

— Si ! *Mañana*...

L'officier soupira. *Mañana*, demain. Cela ressemblait presque à un mot d'ordre, une sorte de slogan, un leitmotiv courant d'un bout de la République à l'autre. Rêveur, il se demanda si le *mañana* fonctionnait aussi chez les fascistes mais curieusement, il l'imaginait assez mal accolé au mot « *arriba* ».

Se retournant vers les trois Français, il dit d'un air méfiant :

— Ah, au fait, vous avez vos livrets militaires ?

— Impossible, dit Mena, avec les fouilles, ça en aurait dit trop long sur notre destination.

— Hum ! Vous avez tous fait votre service militaire ?

Ils hochèrent la tête. L'affirmation était fausse dans le cas d'Harszfield, mais elle parait au danger d'une séparation.

Reprenant espoir, l'officier questionna :

— Officier ? Sous-officier ?

Louis Mena, annonçant goguenard son grade de caporal, provoqua une très légère moue chez l'officier qui, cependant, s'en retourna fouiller dans les uniformes pour finalement exhiber une vareuse d'assez bonne coupe et ornée de galons qu'il lui tendit.

— Te voilà sergent, camarade !

Puis, ne voyant pas venir la réaction escomptée, il ajouta :

— Des galons, ça s'arrose. Dans toutes les armées du monde. Et d'ici que vous soyez officiellement incorporés, livrets militaires en poche et tampons assortis, faudra bien compter trois heures.

La « cantine » ressemblait à une baraque de forestier. Les planches passées au goudron laissaient pénétrer par leurs joints un air froid. L'endroit, sombre et bas de plafond, était sinistre. Il y flottait une odeur âcre faite de relents de ragoût, de vin répandu et de tabac froid.

Ils en sortirent deux heures plus tard, non sans avoir troqué leur ravitaillement et une partie de leur argent français contre une très belle paire de jumelles prise sur le cadavre d'un Allemand de la légion Condor. Mais, comme le pensait Mena, l'officier y gagnerait puisqu'ils laissaient sur place la quasi-totalité de leurs affaires censées suivre dans les prochains jours...

Harszfield, qui ne se faisait pas d'illusions, demanda à l'officier :

— Alors c'est bien sûr, nos bagages suivront ?

— Sûr ! *Mañana !*

Le ciel, gris, chargé de pluie, semblait se mettre à l'unisson du paysage montagneux, à la fois tendre et mélancolique malgré le vent frais soufflant des Pyrénées. Un enfant conduisant un troupeau de chèvres brandissait un fanion de la CNT. Une patrouille fit irruption. Un homme en chemise, enchaîné, fut poussé devant l'officier qui lui jeta un regard haineux.

— Qui est ce fils de pute ?

Le chef de la patrouille, un petit homme barbu à l'air fatigué, répondit d'un ton las :

— Phalangiste. Il se cachait chez sa mère depuis deux ans. Une trappe dans l'étable. Cette fois, on est tombé dessus par hasard.

Un autre renchérit, fort satisfait :

— Juste comme il sortait pour aller chier.

L'officier n'avait pas quitté le phalangiste du regard. Un regard extatique. Puis, inexplicablement, il se détendit et alluma une cigarette qu'il glissa entre les lèvres du phalangiste en disant :

— Ta dernière.

L'homme inhalait goulûment la fumée tout en regardant le ciel comme s'il voulait l'aspirer, le faire entrer tout entier dans ses pupilles qui, d'ici quelques instants, ne refléteraient plus que le néant.

Mena, Harszfield et Riton ne savaient trop s'ils devaient prendre au sérieux les paroles de l'officier mais celui-ci, les ignorant totalement, reprit :

— Tu vois, fasciste, une cigarette, nos montagnes, le ciel, le travail payé à son prix, le pain et la liberté : c'était ça, le bonheur.

Et, sans attendre une réponse qui ne vint d'ailleurs pas, il fit un geste aux soldats.

Aussitôt, l'homme fut collé contre un vieux mur de

pierres troué d'impacts où s'étalait en lettres rouges l'inscription : « *Ni en la vida ni en la guerra se puede triumfar sin fe* » (Negrín)*.

Les six hommes de la patrouille s'alignèrent sans hâte, comme si rien ne pressait et que cette tâche, d'importance secondaire, ne requérait aucun zèle particulier.

Le condamné se mit à chanter. Sa voix ne tremblait pas, c'est à peine s'il accélérait un peu le rythme.

Harszfield, médusé, ne réagit que lorsque Riton tira la manche de sa capote en répétant sa question :

— Qu'est-ce qu'il chante ?

— *Cara al Sol*, l'hymne phalangiste.

— Qu'est-ce que ça dit ?

Harszfield ne pouvait détacher son regard du condamné, il répondit machinalement :

— *Cara al Sol* : Face au soleil. « A s'éveiller, voici que l'Espagne commence. Espagne... »

La phrase fut coupée par les détonations et l'homme s'affaissa, d'abord sur les talons puis sur le côté.

L'officier s'approcha à grands pas et lui tira la balle réglementaire dans la tête, bien que ce fût inutile.

Puis, replaçant son revolver dans son étui, il vint vers les Français et commenta sèchement :

— Je sais. Vous devez me faire crédit. Allez voir l'autre bord à l'œuvre, vous pourrez me juger ensuite.

— On n'exécute pas les prisonniers ! dit Harszfield avec véhémence.

L'officier, que l'obligation de se justifier irritait, répondit :

— Dans certains villages, on a laissé vivre ces types. Et lorsque les fascistes sont arrivés, c'est eux qui ont désigné

* « On ne peut triompher dans la vie comme dans la guerre si on n'a pas la foi. » Negrín était président du conseil de la République.

les militants, maison par maison. Eux qui ont fait tondre les femmes, filles, mères ou sœurs des républicains. Et quand l'armée fasciste est repartie, c'est eux encore, ceux que l'on avait épargnés, qui sont devenus les maîtres et ont fait nettoyer les locaux de la garde civile par les vaincus. Maintenant, excusez-moi : j'ai à faire !

La vieille femme, vêtue de noir, qui avait assisté à la scène sans un mot, s'approcha en poussant une brouette. Patiente, elle attendit que les soldats récupèrent les chaînes entravant les poignets du cadavre mais ne remercia pas lorsqu'un jeune soldat, apitoyé, l'aida à charger le corps sur la brouette.

— C'est sa mère ! souffla discrètement à Harszfield le petit homme barbu à l'air fatigué qui commandait la patrouille.

15 avril 1938 / Catalogne

— Tu fais la gueule ? demanda Mena.

Les trois amis trônaient au sommet d'un chargement de cercueils vides que transportait un camion d'origine russe. Harszfield, qui tentait de conserver son équilibre, répondit agressivement :

— Il y a de quoi ! La petite fusillade d'hier, ça vous a laissés complètement indifférents ?

— J'ai d'autres problèmes ! répondit Mena.

— Lesquels ?

— D'abord, nos uniformes puent. Je ne sais pas ce qu'ils puent, mais ils puent. Ensuite, j'ai vraiment voulu faire cette guerre parce que Chastenet, je pouvais le cueillir au retour. Ce que je ne comprends pas, c'est pourquoi je me suis dissimulé ça. Et pourquoi je veux tellement faire cette guerre.

— Et toi ? demanda Harszfield à Riton qui, allongé dans un des cercueils, lisait un lexique franco-espagnol.

— Sois gentil, Robert, tiens-moi hors de ce pastis. Je fais cette guerre, c'est plus le moment de se poser des tas de questions.

Harszfield, désemparé, se tourna de nouveau vers Mena :

— Louis, tu ne vas pas me dire que cela ne t'a rien fait ? C'est pas possible !

Mena cherchait un compromis entre la sensibilité de son ami et ce qu'il croyait être en vérité. Il caressa le bois d'un petit cercueil, puis répondit.

— Je pensais au gosse bien vivant qu'on foutra dans cette boîte... J'ai choisi mes morts. Mais si ça peut te rassurer, oui : j'ai pas aimé, pas aimé du tout ! Mais je suppose que c'est inévitable et que personne n'avait obligé ce type à rejoindre ces salauds de fascistes.

Il se redressa légèrement.

— Ecoute bien mes paroles, Robert, parce que t'auras peut-être l'occasion de vérifier ça : si les gars d'en face me collent au mur, je ne protesterai pas. C'est avant de jouer qu'on place ses mises, non ?

Le camion roulait très vite, comme si son chargement était impatiemment attendu. Il encaissait durement les ornières, nombreuses sur ces routes que plus personne n'entretenait depuis le début de la guerre civile.

De part et d'autre du véhicule, de ses occupants incertains ou déterminés et de son étrange chargement de cercueils pas même rabotés s'étendait la Catalogne.

Harszfield ôta ses lunettes et, dans un geste familier, se massa l'arête du nez.

— Ça me fait drôle de te voir en soldat ! dit Mena en lui tendant son paquet de gauloises.

Harszfield, souriant, se servit puis, malgré lui, revint au sujet initial.

— Tu vois, cet officier...

— Tu l'as vexé ! coupa Mena.

— Je... Ce qui m'a fait peur, c'est le côté mécanique de son geste : haine totale pendant la première minute et après, ce côté... Comment te dire ?

— Parle pas comme ça, on dirait Blum !

— Non, attends, ne rigole pas ! L'officier, il n'avait pas de passion, à la fin. Cette façon de dire au fasciste, mais sans le dire : « Voilà, tu as joué, tu as perdu, tu payes. Demain, ce sera peut-être moi. » Eh bien, c'est presque tes paroles, Louis.

— C'est les paroles de tous ceux qui regardent les choses en face : en venant ici, on engage nos vies. C'est tout simple.

— C'est ça. C'est ça qu'il faut comprendre ! Maintenant, les idées, c'est des balles. Maintenant, les doctrines, ça tue.

Mena étouffa un bâillement.

— C'était déjà ça sous la Commune ou pendant la Révolution. Tu comptes bousiller encore des portes ouvertes pendant longtemps ?

— Ce que je me dis, c'est qu'il faut préserver notre morale.

Mena remonta le col de sa capote et poussa un cercueil afin de s'aménager un coin abrité du vent. Une fois installé, il contempla le mégot de sa cigarette tenue entre le pouce et l'index, au creux de sa paume. Il comprenait mal les problèmes de son ami, s'étonnant qu'un homme aussi intelligent n'ait pas su, en quelques secondes, prendre la mesure des enjeux et des risques, bref, tirer les conséquences de sa participation à la guerre et à la lutte contre le fascisme.

16 avril 1938 / Espagne

Brusquement stoppé au sud de Figueras par un barrage militaire, le camion avait été rapidement vidé de ses cercueils, jetés sans ménagement sur les bas-côtés de la route.

Des fantassins se hissèrent aussitôt sur la plate-forme et, malgré les protestations des trois Français, le camion s'engagea dans une file de véhicules roulant vers le front.

Après les forêts et les maquis arides, le bord de mer provoqua une rupture presque rassurante dans le paysage qui défilait. Mais l'horizon ne resta pas dégagé bien longtemps car les camions pénétraient déjà dans les faubourgs industriels de Barcelone. Les trois Français restaient silencieux devant ces longues avenues de façades monumentales que venaient rompre de temps à autre un palais baroque, un parc tropical, ou l'apparition brève de la mer au loin. Cette traversée de la ville leur paraissait irréelle. Après Tarragone, la colonne obliqua vers le sud pour atteindre, aux alentours de minuit, l'embouchure de l'Ebre. L'animation y était d'une tout autre nature : les éclairs de l'artillerie et les tirs de mitrailleuses lançaient mille éclats dans la nuit. Les hommes reçurent l'ordre de descendre des véhicules et furent poussés vers le front dans le plus grand désordre.

— Le front a cédé : ils me font marrer ! maugréa Riton, la tête basse.

Des soldats, rassemblés à la hâte, rejoignaient la colonne où les fuyards, ré-armés, étaient systématiquement réintégrés. Parfois à coups de crosses.

— Ça s'appelle « marcher au canon » ! souffla Mena.

— Pourquoi ? demanda Harszfield.

— Parce que tu vas à la bataille en te guidant sur le bruit des obus.

— Tu crois que c'est grave, cette histoire de front rompu ?

Mena haussa les épaules. Les simples soldats, ou les sous-officiers, n'avaient jamais que des vues très partielles des batailles auxquelles ils participaient. Mais devant l'air angoissé d'Harszfield, il avisa un simple soldat qui buvait à la régalade de longues gorgées de vin.

— C'est grave, le front ?

Le soldat un peu ahuri l'observa et répondit :

— Français ?

— Oui. Volontaire.

Le soldat lui sourit en tendant sa gourde puis, après un regard vers les lueurs du front :

— Vaudrait mieux retourner dans ton pays, camarade. Tu vois, ici, c'est foutu. Complètement foutu.

— Qu'est-ce qui est foutu ? Pourquoi ? insista Mena envahi par un malaise.

— Les fascistes ont atteint Vinaroz hier.

Mena, sans manifester la moindre curiosité, réfléchit. Passe encore qu'on se soucie de la chute de Gandesa, ou qu'on s'affole de la prise de Lérida, tombées toutes deux dix jours plus tôt, mais Vinaroz, quelle importance ? Certainement un petit bled, non ? Au pire, un important dépôt.

Le soldat dut comprendre l'embarras de Mena car,

après s'être essuyé les lèvres d'un revers de manche, il eut un rire amer et ajouta :

— Vinaroz, c'est un petit port sur la Méditerranée.

Mena ne comprenait toujours pas. Fronçant les sourcils, il répéta vivement :

— La Méditerranée ?

— Tu as compris. Maintenant, la République est coupée en deux : Madrid et Valence au sud, Barcelone au nord. Et pas de moyens terrestres pour aller d'une zone à l'autre.

Il hésita, puis ajouta :

— C'est bien d'être venu pour nous, camarade. Mais maintenant, à moins d'un miracle...

Le trou dans lequel ils avaient sauté sous le tir d'une mitrailleuse lourde fasciste était jonché de douilles. Quant aux quatre hommes qui avaient creusé cet abri, ils reposaient dans des positions étranges, celles-là même où la mort les avait pris sous la forme d'un obus percutant le retranchement en tir direct : membres arrachés, visages asymétriques, corps à demi dénudés par le souffle de l'explosion.

— Et le Spahi qui se plaignait de son joli petit trou de la porte d'Italie ! lança Riton, mélancolique.

— Un peu tôt pour la nostalgie ! répondit sèchement Harszfield.

Il se sentait tendu, nerveux, et jalousait le calme de Riton qui acceptait leur situation présente sans réfléchir, en rouspétant pour la forme. Quant à Mena, les yeux au ras de la crête, le fusil bien en main, il ne laissait rien filtrer de ses sentiments ; il se borna à un simple commentaire :

— Cette mitrailleuse m'emmerde !

L'irritation d'Harszfield céda rapidement la place à une admiration teintée de tendresse. C'était aussi simple que cela : on quittait tout, et d'abord les chaînes de montage où pendant des années la vie se résumait à une suite d'automatismes. On quittait tout cela pour d'autres gestes, une façon de rentrer la tête dans les épaules lorsque retentissait le hurlement d'un obus, une manière de viser et de tirer très vite sur une forme entraperçue, une tolérance à l'égard de la longue attente et de la fatigue des premières lignes...

Il sembla à Harszfield que ses deux camarades se trouvaient au front depuis toujours et il lui prit l'envie d'acquérir ces automatismes, cette sorte de résignation et cette possibilité de se ressaisir en quelques secondes pour se trouver prêt à briser tout assaut venant des fascistes.

Un Espagnol, en uniforme de sous-lieutenant républicain, sauta dans leur trou :

— Salut ! Comment ça se passe, ici ?

Mena expliqua la situation mais l'homme, s'apercevant de leur nationalité, personnalisa aussitôt la conversation.

Il semblait avoir une trentaine d'années. Originaire de Badajoz — il craignait le massacre de sa famille par les Maures et le Tercio* — , il avait participé à la bataille de Guadalajara et à la mise en déroute du corps expéditionnaire de Mussolini.

Blessé à l'œil gauche, il sortit définitivement borgne de l'hôpital et fut envoyé à peine remis sur le front de Teruel. Il se disait qu'il « passerait au travers ».

Mena écoutait attentivement, essayant de comprendre les motivations profondes de l'Espagnol, comme s'il pouvait y trouver les siennes.

L'officier se rendit vite compte qu'il s'adressait à des

* Légion étrangère espagnole.

« bleus », et il entreprit de faire leur éducation militaire. Il parlait lentement, laissant le temps à Mena de traduire à l'intention de Riton et pour Harszfield dont l'espagnol hésitant ne saisissait qu'une partie du discours.

Education du front, directe, brutale, débarrassée des scories propres aux « cours » des instructeurs de caserne. Philosophie presque primaire : ici, on tue ou on meurt. Conseils techniques directement issus de la pratique d'un homme se battant depuis les premiers jours.

L'Espagnol faisait répéter, inventait des situations et questionnait puis, satisfait, il conclut :

— Camarades, c'est le minimum. Le minimum pour survivre si la chance est là.

— Et si elle n'est pas là ? demanda anxieusement Harszfield.

L'officier eut un geste d'impuissance, puis se ravisa :

— La chance, on n'y peut rien. On peut juste l'aider en sachant des choses. Le reste, ce que j'ai oublié ou ce que je ne sais pas dire, vous l'apprendrez tout seul.

Il hésita, tendit un paquet de cigarettes — à peine entamé — à Mena, et ajouta :

— Prends ça ! Et puis... Merci ! Merci d'être venus en Espagne... Qui sait ? Peut-être que nous vous rendrons un jour la pareille...

18 avril 1938 / même secteur du front

L'aube naissante découpait les contours du village qu'ils avaient contemplé pendant toute la journée de la veille, tapis dans leur trou. L'artillerie s'était tue et aucune patrouille franquiste n'avait poussé jusqu'à leur position.

Le fusil posé sur le parapet, Harszfield rêvassait, suivant des yeux un groupe de corbeaux dont le vol nonchalant masquait en réalité une vive attention : tôt ou tard, ce secteur du front leur reviendrait et avec lui les cadavres gonflés.

Pourtant, Harszfield se sentait « presque » bien. Non qu'il aimât la guerre ; tout, dans son éducation comme dans ses choix idéologiques et philosophiques, l'éloignait de la prétendue mystique guerrière. Le vague bien-être tenait plutôt au fait qu'il avait osé se rendre sur le terrain. Il avait ainsi le sentiment de se battre pour une cause juste et contre ceux-là même qui, dans un autre pays, avaient massacré ses parents. Enfin, cette victoire remportée sur lui-même, sur sa peur, sur son dégoût à l'idée de toucher un fusil, lui plaisait.

Il saisit son arme et passa un doigt léger sur l'acier du canon. Ce réflexe le troubla, confus de renverser si facilement les perspectives et de faire ce qu'il s'interdisait la veille au nom des mêmes valeurs. Ainsi pensait-il à présent qu'on n'accède pas au bonheur sans se salir les mains, que la quête du bien passe par le mal et que l'on se damne en voulant faire triompher la justice.

Satisfait, il sortit un reste de saucisse de la poche de sa vareuse et mastiqua lentement en observant ses camarades assoupis.

Louis Mena, ses galons de sergent un peu décousus, dormait comme un gosse, la bouche entrouverte et le visage serein. Le pompon de son calot ajoutait une note enfantine à sa pose.

Quant à Riton, il ronflait doucement, la capote fermée jusqu'au dernier bouton. Son visage, abandonné à ses expressions, trahissait une certaine angoisse : sans doute songeait-il à sa femme et à ses enfants.

Il évoquait rarement ceux qu'il avait quittés, se défendait de s'attendrir à leur pensée, mais il redoutait sa mort. Non pas pour lui mais parce qu'elle entraînerait une indigence matérielle et affective pour ceux qu'il aimait : sans lui, sans sa paye ramenée de l'Electro-Mécanique de Savoie, qui s'occuperait des gosses ? Qui, pour reprendre ses termes, ferait bouillir la marmite ?

Harszfield regarda de nouveau le front.

— Bizarre la vie. On est là, on fait des choses, et on ne sait même pas que deux jours plus tard on plaquera tout ce qu'on aime pour aller à la guerre. Merde : c'est vraiment ça, une vie ?

— Tu jactes tout seul, maintenant ?

Harszfield sursauta et se retourna. Riton, souriant, hirsute avec sa barbe de trois jours, l'observait d'un air amusé.

Il s'approcha du parapet, nonchalant. Puis, brusquement attentif, il plissa les paupières en disant :

— Ton fusil, Robert, vite !

Harszfield, légèrement dépassé par les événements, lui tendit son fusil et observa à son tour la ligne d'horizon. Là-bas, très loin, trois petites silhouettes regagnaient les lignes nationalistes.

Riton pressa sur la détente, il y eut une détonation sèche, isolée, presque incongrue.

Harszfield vit une silhouette tourbillonner avant de s'effondrer. Incrédule, il se tourna vers Riton qui, déjà, baissait le canon du fusil sans quitter les lignes ennemies du regard.

— C'est pas possible, Riton, tu l'as tué ?

— Ouais. Je l'ai tué. C'est fini pour lui, maintenant. Et ça fait un de moins.

— Mais Riton...

Riton l'observa d'un air grave, presque sévère.

— On est venus dans ce pays pour ça, non ? Alors je fais mon boulot, c'est tout. « Tire et oublie », tu connais pas le dicton ?

En représailles, la mitrailleuse lourde des franquistes ouvrit le feu, balayant les lignes républicaines. Des tirs d'artillerie légère répondirent aussitôt, à quoi se mêlaient des milliers de détonations, des tirs de mortiers et des explosions de grenades. La fusillade culmina un instant, puis décrut très vite. On entendit encore quelques coups de feu isolés et le silence retomba.

— Qu'est-ce qu'il se passe ? demanda Mena, le visage encore bouffi de sommeil.

— J'ai tué un type ! répondit Riton d'un ton neutre.

— Où ça ? demanda Mena en saisissant ses puissantes jumelles.

— Là, près du puits. Je crois que les types allaient à la corvée d'eau.

Mena scruta avec ses jumelles les environs du puits :

— Je le vois. Tu l'as pas tué. T'as dû le toucher aux

reins ou à la colonne vertébrale : il gratte la terre avec ses mains, mais il ne bouge pas d'un centimètre.

— Il crèvera ! répondit Riton, assez mal à l'aise.

— Finis-le !

— Hein ?

Mena sentit immédiatement que la seule autorité ne suffirait pas, aussi tendit-il ses jumelles à Riton :

— Regarde-le, c'est un gosse. Peut-être même un de ces types enrôlés de force par les fascistes.

— Justement, intervint Harszfield, laissez-lui sa chance !

Mena secoua négativement la tête.

— J'ai déjà vu un type avec les reins cassés. Il était tombé d'un pont roulant. C'est pas beau : le gars a des yeux fous, il gratte le sol, il devient comme un animal. Et en plus, il y passe dans les heures qui viennent.

Puis, se tournant vers Riton qui regardait par terre d'un air buté :

— Faut que tu finisses ce que tu as commencé, maintenant. C'est plus propre, tu comprends, Riton ?

Celui-ci secoua négativement la tête. Chaque seconde qui s'écoulait creusait un abîme entre lui et son acte, entre lui et l'homme qui avait tiré peu auparavant.

Harszfield, cachant mal sa colère, lança :

— Qu'est-ce que t'attends ? Cible fixe : il bouge pas. Mieux que les pipes de la foire du Trône. Tu tires et boum, le gars plonge dans le noir pour toujours : ça s'appelle une vie, mon pote !

— Ta gueule !

Harszfield, pas certain d'avoir bien compris, se tourna vers Louis Mena tandis que Riton restait bouche bée. Jamais Mena n'avait employé de tels mots à l'égard de son ami. Jamais non plus il ne lui avait intimé l'ordre de se taire. A fortiori d'une manière aussi sèche.

Mena ne leur jeta pas un regard. Il saisit son propre fusil, épaula et visa longuement. Ses tempes battaient très fort. Il savait que Riton avait raison, qu'ils étaient venus pour ça. Il savait qu'Harszfield n'avait pas tort non plus. Mais il savait surtout que le jeune soldat franquiste souffrait terriblement et qu'il ne s'en sortirait pas.

Il tira.

Il demeura quelques secondes les yeux fermés puis, prenant les jumelles que Riton lui tendait sans un mot, il vérifia l'effet de son tir.

L'homme était mort.

Mena se retourna vers ses amis et ébaucha un sourire triste, comme pour s'excuser :

— Je sais pas vraiment pourquoi, mais je sais que je devais le faire.

Une longue salve de mitrailleuse, tirée sans conviction, lui répondit. Mieux, tirée à plus de cinquante mètres des lignes républicaines, elle évoquait davantage l'exécution d'un ordre accompli de mauvaise grâce que le désir d'atteindre l'adversaire.

Mena haussa les épaules et, à l'intention d'Harszfield qui semblait anéanti, il ajouta :

— Tu vois, eux, ils ont compris...

Se ressaisissant, Harszfield se planta devant son ami et l'attaqua avec véhémence :

— Tu dis ça parce que ça t'arrange.

— Je dis ça parce que je crois que c'est vrai.

— Alors c'est pire : on n'a pas à entretenir de complicité avec eux.

— Ah ? répondit Mena.

— Pas de complicité. Tout ça, la guerre, la mort, c'est pas un sport.

Louis ôta son chargeur et, de ses mains très sales, remplaça la cartouche manquante :

— Tu comprends pas encore toutes ces choses, Robert. Et moi je sais pas encore les expliquer. Tu vois bien qu'on fait une sacrée paire, tous les deux !

Même jour (18 avril 1938) / même endroit, deux heures plus tard

Ils avaient dû accepter cinq autres soldats dans leur trou exigu ce qui, à présent, limitait tout mouvement.

Les hommes appartenaient à une unité communiste. Baïonnettes au canon, casques d'acier, uniformes impeccables, ils parlaient très peu, conscients de leur supériorité — pour l'instant strictement vestimentaire — sur les trois Français mal rasés et vêtus d'uniformes fatigués.

C'est à peine s'ils ébauchèrent un sourire amusé lorsque Harszfield et Mena tentèrent de déposer cailloux et poignées de terre sur les cadavres des premiers occupants de l'endroit qu'ils avaient hissés sur le parapet et dont la puanteur, avec la chaleur, devenait insoutenable.

Tout indiquait l'assaut imminent et pour les hommes, « anciens » ou nouveaux venus, ce petit village perdait de sa pauvre réalité, se magnifiait, focalisait les pensées pour devenir l'ultime obstacle avant la victoire et la paix.

Riton luttait contre la peur. Il lui fallait oublier cette mitrailleuse franquiste qui leur faisait face, sa femme et ses deux enfants, l'angoisse de ne pas être réembauché à l'Electro-Mécanique de Savoie. Il avait l'horrible impression que cette guerre ne le concernait que d'assez loin comme s'il se trouvait ici d'abord pour ses amis, et un sentiment de culpabilité qu'avait accentué le souvenir du soldat qu'il avait abattu.

Mena tenait nerveusement les trois grenades offensives trouvées sur un cadavre et dont il connaissait le fonctionnement. Il n'avait pas à se poser de questions sur l'action à venir et moins encore sur sa signification. Une course en zigzag, les grenades jetées sur la mitrailleuse et le postulat que ni celles-ci ni une balle fasciste ne l'aient fauché avant. Il se concentra avec obstination sur un papillon d'un bleu très pâle qui hésitait à se poser. Irrité, Mena dut s'avouer l'énormité du pari qu'une partie de lui-même avait lancé presque à son insu : « Si ce papillon se pose avant le coup de sifflet, j'en sortirai vivant. Sinon... »

Seul Harszfield essayait de réfléchir en dépit de la peur physique qui lui nouait le bas ventre, affaiblissait ses jambes et éparpillait ses forces. Certes, la dérobade n'était pas envisageable, mais comment admettre qu'on puisse risquer sa vie pour quelques maisons dont la prise de contrôle — par les uns ou par les autres — ne changerait en rien l'issue de la guerre ? Harszfield eut le pressentiment qu'il se trouvait seul, isolé dans son raisonnement, ce qui accrut davantage sa peur.

Le coup de sifflet, strident, fut suivi d'une clameur. Par centaines, les républicains montaient à l'assaut.

— Des ruines, du sang et de la merde. On se fait tuer pour des tas de caillasses ! Transformés en barbaque pourrie pour ce... ce...

Riton ne trouvait plus ses mots. Encadré par Mena et Harszfield, il parcourait la rue centrale à l'instar d'autres combattants, évitant les cratères formés par les obus, détournant la tête lorsque le vent rabattait la fumée des incendies dans leur direction. Etendus sur le perron des maisons éventrées ou pendant à demi des fenêtres, les cadavres des franquistes se comptaient par dizaines.

— En tout cas, on a quand même gagné ! ajouta Riton dans l'intention évidente de se consoler.

— Gagner quoi ? demanda Harszfield, étonné de voir certains combattants républicains vaquer à des tâches presque quotidiennes : courrier en retard, lecture des journaux trouvés sur les fascistes, aménagement d'un coin ombragé pour y dormir quelques heures...

Déjà, une compagnie du génie creusait des retranchements tandis que le ravitaillement et les munitions étaient acheminés à dos de mulets et, plus rarement, par camions.

Mena fixa un cadavre dont la partie supérieure — bras, tronc et tête —, carbonisée, semblait ne pas appartenir au même corps que ces jambes intactes et ces pieds encore bottés. Un soldat républicain, très maigre et légèrement claudicant, brouilla l'image en arrachant les bottes du cadavre de l'officier fasciste pour s'en chausser et repartir avec.

Ils passèrent devant l'église sur les marches de laquelle gisaient encore les cadavres de cinq soldats d'une patrouille républicaine capturée la veille. On leur avait coupé le sexe avant de le déposer sur leur poitrine.

A quelques mètres, une dizaine de Maures enturbannés de blanc attendaient sans un mot devant un peloton d'exécution.

Harszfield ouvrit la bouche pour parler, mais se ravisa. Plus il s'enfonçait dans la guerre et moins il essayait de théoriser, de défendre ou de condamner, de légitimer ou d'expliquer. La haine des Espagnols pour les Maures était un bloc compact, nourri par toutes les atrocités moyenâgeuses commises par ce corps d'élite franquiste.

D'ailleurs, il suffisait de voir les corps des républicains de la patrouille perdue pour éprouver un profond dégoût à l'endroit d'hommes aussi sadiques.

Il ressentit une impression de naufrage, de faillite. Pire, l'absence apparente de questions chez ses amis l'isolait totalement, le rejetait trente ans en arrière vers cette autre incompréhension : le massacre de ses parents, de sa mère si douce et de ce père érudit, socialiste et humaniste tués à coups de faux par des paysans totalement illettrés, saoulés de mauvais alcool et de mots haineux par les responsables locaux de l'ordre social.

Au moment de l'assaut, Louis avait filé comme une flèche vers la mitrailleuse franquiste abritée derrière des sacs de sable. Zigzaguant, se couchant au sol, repartant en courant, se plaquant, bondissant de nouveau, en oblique, en ligne brisée, rampant, se relevant et tout cela sous les yeux de centaines de soldats galvanisés lorsque Mena, tapi à la base des sacs de sable, jeta une grenade.

Pas les trois : une seule. Et d'un geste élégant, presque lent, presque désinvolte mais diaboliquement adroit.

Instant inoubliable ; flamboiement ; explosion ; chair et métal ; clameur de ceux — dont Riton et lui-même — qui, après s'être couchés, se relevaient pour composer la vague mouvante et irrésistible ; vision, presque cocasse, de Louis assis par terre, sonné et tentant de se déboucher les oreilles en agitant fébrilement son petit doigt comme s'il voulait se crever le tympan...

Une estafette arrivée en courant se planta devant Louis Mena :

— C'est bien toi, pour la mitrailleuse des fascistes ?

— Oui.

— Bravo, camarade ! On te regardait, putain, tu peux pas savoir comme on se sentait avec toi...

— Merci.

— Le colonel te demande.

Mena prit silencieusement ses amis à témoin :

— Qu'est-ce qu'il me veut ? finit-il par répondre.

— Tu vas être cité à l'ordre de la division. Et décoré. Il a dit aussi que tu lui rappelais les volontaires des premiers jours, mais que ces gars-là, aujourd'hui, ils étaient tous morts.

— Il sait trouver les mots qu'il faut, ce colonel ! ironisa Harszfield.

Mena ne put s'empêcher de revoir ces anciens combattants d'extrême droite descendant les Champs-Elysées avec leurs batteries de décorations étalées sur la poitrine.

Il fit « non » de la tête, puis, souriant à ses compagnons d'un air gêné, il expliqua :

— Vous imaginez ça, les poteaux ? A Ivry, on va me prendre pour un narfouzard*.

Désignant ses camarades et lui-même, il ajouta :

— En plus, ça va la foutre mal si vous me décorez. Nous, on est des *quintos*.

Le soldat réfléchit un instant, puis, rayonnant, sûr d'avoir trouvé le bon argument, répondit :

— *Quintos*, on l'a tous été. Même le colonel. Le tout, c'est d'en sortir.

Mena chercha le regard d'Harszfield qui hocha la tête en signe d'assentiment.

— Ici, ça n'a pas le même sens, Louis. Les décorations sont gagnées sur le fascisme.

Riton, refusant de donner son avis, fit le geste de tirer sur d'imaginaires bretelles et esquissa un pas de danse à la manière de Maurice Chevalier dans *Ma pomme*. Ce qui eut le don d'irriter Harszfield.

* Narfouzard : de Nar, feu (étymologie arabe). Croix de narf (narfouzard) : croix de feu (mouvement fascisant).

— Toi, quand il y a un problème sérieux, t'es jamais là, toujours en train de déconner !

D'autres soldats, en curieux, faisaient cercle, félicitant Mena, lui disant qu'il n'avait pas volé une décoration ou une permission. Mena eut un geste d'impuissance et suivit l'estafette.

22 mai 1938 / Saragosse

Xavier Chastenet détestait Saragosse. Des églises et des casernes. Le tour était vite fait. Il se sentait libre pour la première fois de sa vie. La veille son frère était décédé à la suite de ses blessures à l'hôpital militaire. Il l'avait assisté dans un ultime sursaut de devoir fraternel, sans aucune émotion. En toute froideur. Et à présent il regrettait de ne pas trouver un seul endroit chaleureux où il pourrait fêter « sa libération », bien que le soleil illuminât les rues. Il s'aventura dans un quartier plus populaire. Sur les murs ocre et beiges de maisons étroites ne dépassant pas quatre ou cinq étages se voyaient encore des impacts de balles, souvenirs de l'époque où la colonne *Durruti* occupait la ville.

Il suivit une rue pavée où flottait une odeur de cuisine à l'huile. Du linge séchait à toutes les fenêtres.

Il finit par trouver une terrasse et, par défi, commanda une limonade, boisson de *mujer* par excellence.

Ignorant le regard du garçon de café et ceux de trois officiers assis à une table voisine, il considéra longuement le verre glacé et les petites bulles grimpant vers la surface, comme avides d'oxygène.

Il porta le verre à ses lèvres et but une longue gorgée comme on fête un événement d'importance, comme on scelle un pacte : dorénavant, il affronterait le mépris des hommes dits « forts », il ne se laisserait plus étouffer, il allait exister.

Pour commencer, il prendrait le premier bateau en partance pour la France et, à défaut de la justice, affronterait son père. Puisque ce dernier lui céderait bientôt la place, il pourrait lui faire la démonstration de ses qualités jamais reconnues. Il saurait, mieux que quiconque, gérer l'usine et même y instaurer des règles plus justes, plus efficaces.

Il observa les trois officiers fascistes, des hommes plutôt petits, presque chétifs, apparemment bâtis sur un modèle standard.

Il songea aussi à son frère...

A peine arrivé en Espagne, un fonctionnaire du consulat, accompagné d'un officier supérieur franquiste, lui avait appris la nouvelle :

— Votre frère a sauté sur une mine. Le chirurgien a dû l'amputer... Les deux jambes...

L'autre officier se lança dans un portrait plus idéaliste, évoquant tour à tour le « chevalier moderne », la « croisade », la « renconquête », « l'estime du généralissime »...

Chastenet se souvenait parfaitement de son état d'esprit en arrivant à Saragosse. Il nourrissait l'espoir sincère que son frère, infirme, allait revoir sa conception du monde et, partant, leurs rapports personnels. Il pourrait l'aider. Il lui laisserait la direction de l'usine au départ de leur père et ne le quitterait plus en le secondant du mieux possible. Bref, ils seraient de vrais frères l'un pour l'autre.

Ce rêve ridicule le fit sourire tristement.

La blessure n'avait en rien changé son aîné. Au contraire. Ironique, dur, blessant, cynique, celui-ci l'avait accablé de sarcasmes sur sa tenue civile, lui ordonnant de ne réapparaître devant lui que lorsqu'il porterait l'uniforme nationaliste et aurait souscrit un engagement pour toute la durée des hostilités.

— Très bien, Jean-François. Alors tu ne me verras plus. Plus du tout.

Son frère l'avait observé sceptique, sans rien dire. Xavier, très calme, s'était alors lancé dans une longue tirade.

— Je ne ferai pas cette guerre. Je ne veux tuer personne, et surtout pas les pauvres gens d'en face. Je ne connais rien à la politique mais j'ai fait suffisamment d'études pour savoir que la légitimité, c'est eux. Et les factieux, c'est vous. Votre Franco et vous tous êtes un tas de tricheurs qui brouillent les cartes lorsque leur jeu est mauvais. C'est comme ça. Si ça ne te plaît pas, tu resteras seul ici. Autre chose : aujourd'hui, tu es un héros. La guerre finie, tu ne seras plus qu'un cul-de-jatte. Tes amis te rendront de moins en moins visite, pris entre le service à la caserne, la messe, le bordel et l'alcool. Tu auras droit au radotage des vieilles filles de l'Auxilio social. L'été, on te mettra à l'ombre des citronniers et l'hiver, tu regarderas la vie « trépidante » de Saragosse de derrière ta fenêtre.

Jamais Xavier n'avait parlé aussi durement à quelqu'un et, de toutes ses forces, il espérait un choc, une réaction, l'inversion du cours des choses.

Mais, à sa manière, son frère ne manquait pas de courage. Il acceptait ce programme, simplement soucieux, comme à l'accoutumée, des seules apparences :

— Xavier... Pense à notre nom... Il faut absolument que tu me remplaces au front !

Xavier comprit. Et se résigna :

— Non, pas la guerre. Mais je vais rester près de toi. Et en civil.

Chastenet écarta le souvenir de son frère qui, décidément, n'avait jamais rien compris. A présent, civil dans une cité d'uniformes, touriste parmi des soldats professionnels, il se voyait plutôt s'embarquer d'un port nationaliste pour n'importe quel pays.

Il y pensait par jeu, sachant que pour tentante que fût la chose — elle éviterait un affrontement avec son père — elle allait à l'encontre de son désir de libération, d'une nouvelle vie jusqu'ici rêvée.

Il régla sa consommation.

Des gosses misérables et des femmes uniformément vêtues de noir longeaient les murs, yeux baissés, l'air tout à la fois humble, craintif et résigné.

Il marcha longtemps dans les rues avant d'atteindre les faubourgs où, il le savait, les « rouges » avaient été raflés, puis fusillés par centaines au simple motif que l'armée ne « pouvait laisser ces " rojos ", même passifs, sur ses arrières qui se trouveraient menacés ».

Une colonne maure traversa la rue et obliqua dans une grande artère. Sur son passage, toute manifestation de vie s'éteignait : cris d'enfant, aboiements de chien, appels, outils travaillant le fer...

La mort elle-même, docile, obéissante, avançant au pas cadencé, sanglée de cuir neuf et coiffée de turbans seyants.

Après s'être retourné à deux ou trois reprises, l'officier commandant la colonne fit stopper celle-ci et ordonna qu'on lui amène Chastenet.

Celui-ci, marchant plus lentement que les Maures qui l'encadraient, se trouva bientôt face à l'homme qui, plein de morgue, contrôla longuement ses papiers.

Raté. Il espérait un « rouge » passé hors les mailles du filet, voire un espion russe dont la capture équivalait à une montée en grade. Au lieu de quoi ce type maigre, parfaitement en règle, et dont le regard lui déplaisait souverainement.

L'officier sentit la provocation, l'hostilité latente et, faisant semblant de s'absorber dans la lecture des documents, il médita une riposte.

Souriant, il rendit les papiers et, dans un français presque parfait :

— Vous voilà touriste, par la force des choses...

— Je repars immédiatement.

— Immédiatement... répéta l'officier, songeur. Puis, fouillant dans son propre portefeuille, il en sortit une photographie et ajouta : Prenez, j'en ai plusieurs épreuves. C'est un beau souvenir.

Et, sans rien ajouter, il tourna les talons et donna l'ordre de marche aux Marocains.

Chastenet regarda la photo. Une dizaine de soldats nationalistes, souriants, tenaient chacun par les cheveux une tête coupée.

13 juin 1938 / front nord

Les soldats en déroute se retournaient sur la voiture et observaient avec étonnement ce colonel d'artillerie lourd et massif, avec un visage dur et osseux, très bronzé qui semblait encore assombri par des yeux foncés et une grosse moustache noire.

Il était assis à côté de son chauffeur — et non à l'arrière du véhicule comme il est d'usage — dans une Ford V 8 de 1932, fraîchement réquisitionnée et sur laquelle on avait monté une très belle carrosserie phaéton.

— *Cojones*, Luis, *cojones* !

Le chauffeur, un homme véritablement doué pour la conduite, partageait l'idée de son patron : frôlant le front, ils gagnaient près de quatre-vingts kilomètres sur les routes secondaires reliant le quartier général du corps d'armée, d'où ils venaient, au train blindé commandé par le colonel.

Luis aimait profondément son colonel. Il éprouvait une profonde gratitude envers les hommes accourus de pays lointains à seule fin de défendre la République espagnole et le Frente Popular. A fortiori s'agissant du colonel Manuel Juarez venu du Mexique dès septembre 1936. En outre, il admirait ses connaissances techniques sans cesse améliorées par l'étude et l'expérience des premières lignes car Juarez, extrêmement téméraire, n'hésitait pas à faire le coup de feu.

Luis marmonna pour la forme :

— Colonel, tu es fou ! Ici, on est dans les lignes des fascistes !

Juarez ne répondit pas. Il savait, pertinemment, qu'aucun tracé n'existait entre le front et les lignes ennemies.

Il s'apprêtait à lancer un nouveau et tonitruant *cojones*. Mais il se ravisa et chantonna un air que les nationalistes avaient composé après la défaite de leurs alliés italiens à Guadalajara :

Guadalajara no es Abisinia
Los Españoles, aunque rojos son valientes :
Meños camiones y mas cojones !*

Luis reprit en chœur, enchanté de l'allusion aux corps mécanisés italiens et à la rime qui en résultait. C'est alors que le colonel, croyant à un mirage, tendit le bras en disant :

— Arrête. Et recule doucement !

Luis exécuta la manœuvre, non sans jeter des coups d'œil inquiets à son chef qu'il savait capable de musarder entre les lignes.

Mais Juarez ne plaisantait pas visiblement. La surprise était de taille. De toute la guerre, il n'avait jamais vu une pièce antichar aussi bien camouflée, comme si le canon se fondait dans le paysage. Son visage rusé esquissa un sourire : à huit cents mètres au nord de la pièce, ce qu'il

* Guadalajara n'est pas l'Abyssinie
Les Espagnols, quoique rouges, sont vaillants :
Moins de camions et plus de testicules !

avait pris pour une voiture en feu ressemblait à l'épave d'un char italien.

D'un geste, il ordonna à Luis de rester au volant et descendit de voiture, faisant crisser les graviers sous ses bottes.

Les servants de l'antitank semblaient exténués et souffraient de la chaleur.

Juarez avisa un sergent à lunettes qui portait sa vareuse déboutonnée et sans chemise, découvrant une maigre poitrine ruisselante de sueur. L'apercevant, Harszfield se figea au garde-à-vous, mais le colonel lui fit signe de continuer sa tâche.

A côté, attentif et silencieux, un caporal en chemise esquissa un vague salut. Pour Riton, compte tenu des conditions climatiques, cela semblait bien suffisant.

Seul le sous-lieutenant, jumelles aux yeux, portait encore un semblant d'uniforme.

Harszfield s'apprêtait à prévenir Mena qui, le dos tourné, ignorait la présence du colonel, mais celui-ci l'arrêta d'un geste.

Vu d'ici, l'emplacement de tir lui semblait plus judicieux, prenant les chars italiens au débouché d'une gorge située entre deux petits plateaux, un kilomètre plus loin. Abritée par un bouquet d'arbres dont certaines branches avaient été taillées, la pièce antichar ne pouvait être aperçue par les équipages italiens.

Un second char apparut et s'arrêta un instant près de la carcasse calcinée du précédent. Le commandant du blindé fit faire le tour de l'amas de ferraille chauffée à blanc. Avec la distance, il avait l'air d'un gros scarabée inspectant le cadavre d'un de ses congénères tué dans des circonstances inexplicables.

Mena, d'une voix calme, donna ses instructions de tir, attendit un bref instant et ordonna :

— Feu !

Le blindé, touché de plein fouet, explosa. Mena baissa ses jumelles et commenta laconiquement :

— C'est bon, les gars ! On remballe et on se tire plus loin ! Dare-dare !

Il se retournait pour aider Riton qui, déjà, détachait les chevaux, lorsqu'il aperçut le colonel. Il marqua une légère surprise avant de le saluer.

— Français ? demanda Juarez.

— Tous les trois, mon colonel ! répondit Mena.

— Savez-vous que vous êtes l'arrière-garde, lieutenant ?

Mena, qui semblait inquiet, répondit :

— Vous faites erreur, mon colonel. On a un régiment sur notre gauche.

Juarez alluma longuement un cigare et ricana :

— Ce régiment, ça fait longtemps qu'il a fait la malle ! Je l'ai croisé en pleine retraite il y a une demi-heure.

— Ah ? A droite, plus en profondeur, il y a une batterie lourde.

— Désolé, lieutenant, mais elle a fait la malle aussi.

Mena fronça les sourcils puis, sentant venir l'épreuve de force sous forme d'un défi stupide, décida de jouer le jeu dans les règles :

— Alors il n'y a plus rien entre les fascistes et nous, c'est bien cela ?

— Exact ! répondit Juarez avec une lenteur irritante compte tenu des circonstances, car les blindés italiens allaient sans doute débouler en force d'un instant à l'autre.

Mena se força à garder son calme et insista :

— Si je vous ai bien compris, mon colonel, nous formons actuellement une sorte de saillant ?

— Tout à fait exact, lieutenant.

Mena mesura l'ampleur de la catastrophe : une partie de bras de fer valait-elle la vie de ses amis ? Il croisa les regards de plus en plus inquiets de Harszfield et Riton et prit sa décision :

— Robert, lâche les chevaux ! Riton, file-moi la main : on fait sauter la pièce !

Puis, devant l'air goguenard — mais pas inamical — de Juarez, il agita l'index presque sous le visage de celui-ci en disant :

— Hé ! Hé !

Promesse d'une quelconque revanche.

La pièce mise hors d'usage, les quatre hommes avaient escaladé le talus très rapidement tandis que, guidés par leurs observateurs, les fascistes tiraient leurs premiers obus.

La Ford roulait à plein régime, Luis évitant avec brio les entonnoirs qui jalonnaient la route.

Juarez se tourna vers ses « hôtes ».

— Ça recommencera. Ailleurs et bientôt : les unités d'ailes décrocheront et vous serez anéantis parce que isolés.

Mena, méfiant, esquissa un geste fataliste.

Après une courte réflexion, le colonel questionna d'un air badin :

— Ça vous plairait de servir sur un train blindé ?

« Trains-voyages-mobilité et peut-être même Chastenet. » L'association d'idées fit rapidement son chemin dans l'esprit de Mena.

— Nous, ça nous va.

Harszfield, plus réticent, ajouta :

— Notre colonel ne sera pas d'accord.

— Ça, c'est mon affaire ! répondit Juarez en souriant.

Un peu à l'étroit sur leur siège, les Français échangèrent un regard amusé et Mena ajouta :

— Notre chef, le colonel Herrera, c'est quelqu'un de pas très commode. Même sa mère l'a jamais vu sourire, à ce qu'on dit.

— Alors on va s'entendre, lui et moi.

A l'arrière, les fascistes étaient déchaînés, écrasant l'ancienne position occupée par l'antitank. Les blindés italiens, suivis d'une nombreuse infanterie portée, s'engouffrèrent dans la brèche, chacun tirant cartouche sur cartouche. En vain, puisqu'il ne restait là que de paisibles amandiers.

Le front, une fois de plus, était percé.

Même jour (13 juin 1938) / arrière du front nord

Ils attendaient, désœuvrés, adossés à la carrosserie de la Ford V 8 garée à quelques mètres du poste de commandement régimentaire.

Pour Mena tout était allé très vite. Après l'anéantissement de la mitrailleuse, il avait été promu adjudant au cours d'une rapide cérémonie sur le champ de bataille. Incorporé dans une batterie au moment où celle-ci se repliait, il avait, aidé de quelques Espagnols et de ses amis, remis en position une pièce de 220 court Schneider modèle 1916 abandonnée par ses servants en cavale. A dix, pendant trois heures, ils avaient interdit la route — la pluie clouant au sol la chasse fasciste — à une division de l'armée d'Afrique fraîchement arrivée du Levant. Trois jours plus tard, sous-lieutenant, il rejoignait l'unité antichar dans laquelle il se trouvait actuellement.

Des éclats de voix leur parvenaient par instants du PC mais, dans ces rares moments, celle du colonel Juarez couvrait sans effort le mince filet de leur propre colonel, un petit homme sec et nerveux, militaire d'active resté fidèle à la République en raison de ses attaches avec la franc-maçonnerie honnie par les fascistes.

Harszfield pestait contre les unités qui, sur leurs flancs,

avaient discrètement détalé pendant l'accrochage avec les blindés italiens :

— On ne peut même pas dire qu'ils sont un tas de salauds !

— Ni des lâches ! répondit fermement Mena qui se souvenait de la témérité de certains soldats républicains.

— Je ne dis pas ça ! répondit Harszfield. N'empêche, décrocher sans prévenir, ça ne se fait pas ! C'est... C'est criminel ! Et les officiers sont des cons !

Mena, n'ayant aucune envie de se lancer dans un débat de cet ordre, alluma une cigarette.

— C'est pas des soldats de métier. Ils sont plus braves, mais ils manquent de technique.

— Manquent de technique, pas tous ! insista Harszfield que le ressentiment n'abandonnait pas.

— Qu'est-ce que tu veux dire ? demanda Mena.

— Les Brigades internationales, c'est plus sérieux. Les régiments communistes aussi.

Riton, qui se plaisait à porter le calot sur l'œil et le pompon au milieu du nez, releva mollement :

— Je te vois bien dans l'armée cosaque. Et je dis pas ça pour te chambrer, c'est du sérieux.

— Dis pas de conneries ! J'ai beaucoup réfléchi à tout ça et maintenant qu'on risque de s'embarquer sur ce train blindé, vaudrait mieux en parler.

— Parle ! répondit Mena avec une froideur inhabituelle.

— C'est simple. Si ces unités communistes se battent bien, si on les cite en exemple, si leur ravitaillement et les munitions arrivent à temps, si elles tiennent le terrain, c'est parce qu'il y a une détermination politique à faire de l'organisation l'objectif prioritaire.

— Exact ! répliqua Mena. Il y a une détermination

politique. Ça se voit dans les *paseos** et dans leur application à éviter la révolution. Voire à la liquider.

Harszfield était perplexe. Il balbutia :

— Qu'est-ce que tu racontes ? T'es devenu anarchiste ?

— Je répète ce que j'entends à droite à gauche. J'ai pas lu autant de bouquins que toi, mais j'ai bossé assez longtemps en boîte pour savoir qu'avec la révolution en point de mire, tu fais bouger les foules. Avec la CNT, c'est peut-être le désordre, mais ça respire la liberté.

— Je te signale que t'es officemard !

— Et alors ? On en a parlé, non ? On était d'accord pour que je les accepte, ces galons, non ? Ça nous a permis de rester ensemble, non ?

— Si c'est pour s'engueuler avec vos conneries politiques, dit Riton avec une fermeté qu'il affichait rarement, c'était pas la peine.

Le silence tomba, puis, d'un sourire et d'une bourrade, Harszfield et Mena se réconcilièrent. Mais un léger malaise persista tant il apparaissait avec clarté qu'Harszfield ne pensait plus pour les trois et que Mena avait ses opinions sur cette guerre dans laquelle il risquait sa peau. Pourtant, chacun souhaitait que cette différence de vue fondamentale disparût, tant ils étaient conscients que leur survie passait par leur entente.

Le colonel Juarez sortit du poste de commandement en brandissant, souriant, leurs livrets militaires.

— Ce fils de pute tenait à vous, mais c'est gagné ! Maintenant, on va fêter ça !

* *Paseos :* promenade. En fait, exécution sommaire pratiquée dans les deux camps.

Ils avaient garé la Ford à l'ombre d'un bouquet d'arbres et sorti du coffre un vrai festin : ail, chorizo, lard et Clarete*. Et un vrai pain de l'arrière — rien à voir avec cette pâte repoussante faite avec du riz ou du maïs qu'on leur distribuait habituellement et qu'ils trempaient parfois dans l'huile d'olive, lorsqu'ils en trouvaient. Ils s'entretenaient tout naturellement sur les difficultés du ravitaillement, la pénurie de lait, de café, de beurre, de sucre et sur tous « les salauds de profiteurs de l'arrière » qui organisaient le marché noir.

Vinrent ensuite quelques questions du colonel sur l'endroit où les Français avaient effectué leur service militaire, les types de canons utilisés et leurs deux mois d'expérience du front. Il glissa rapidement vers un interrogatoire politique à peine déguisé que les intéressés esquivèrent courtoisement.

Juarez n'hésita pas et préféra la sincérité.

— Autant que vous l'appreniez par ma bouche : mon adjoint a disparu après une permission à Barcelone.

— Déserteur ? demanda Harszfield.

— Non, je ne pense pas. On le surnommait Mala Suerte**, parce qu'il loupait à peu près tout. Mais c'était un vrai républicain, un militant, un membre du POUM.

Mena, qui savait à quoi s'en tenir, se réfugia dans un euphémisme.

— Le POUM n'a pas la cote, en ce moment.

— Exact. Je le sais d'autant mieux que je suis également membre du POUM.

Harszfield, inconsciemment, ébaucha une grimace tandis que Mena eut un bref sourire.

* Vin rosé.
** Malchance.

Ces mimiques, pourtant très fugitives, n'échappèrent pas à Juarez. Il observa également Riton, mais son absence totale de réaction équivalait, dans le contexte actuel, à une prise de position non hostile.

Juarez avisa un avion allemand qui survolait la région à basse altitude et en profita pour leur expliquer :

— Notre ennemi, c'est lui. On est forcé de mettre le train blindé sous des tunnels pendant le jour pour ne sortir qu'à la nuit et pilonner les lignes franquistes. Notre meilleure alliée, c'est la pluie.

Il ajouta avec un sourire :

— Notre train blindé s'appelle le Dragon Rouge.

29 juin 1938 / front nord

Un violent combat aérien avait éclaté cent cinquante kilomètres plus au sud et éloigné provisoirement la chasse franquiste, ce qui avait permis une des rares sorties de jour du train blindé.

Le Dragon Rouge ralentit et lança trois longs coups de sifflet. Un officier d'artillerie monta à bord et se précipita chez le colonel Juarez tandis que, dans les wagons, on verrouillait les panneaux, chargeait les pièces, réglait les télémètres...

La puissance de feu du Dragon Rouge était impressionnante. Pourtant, à y regarder de plus près, ses pièces lourdes et anciennes étaient des modèles disparates nécessitant une grande variété de munitions qui allongeaient d'autant le convoi, ses plaques de blindages étaient parfois trop légères et hâtivement rapportées...

Les instructions de tir de contre-batterie jaillirent peu avant que les pièces de DCA allemandes ultra-modernes ne soient prévenues du danger, si rapidement surgi, et n'entrent en action contre le Dragon Rouge.

Les canons allemands, rapides, ajustèrent leur tir, mirent rapidement à mal un des wagons, détruisirent une pièce lourde et tuèrent l'officier ainsi que les servants.

Pour doués et compétents qu'ils fussent, les « techniciens » allemands de la légion Condor ne purent rien faire lorsque la grosse pièce arrière, volée par Juarez au parc de l'artillerie de Forteresse et servie par des artilleurs de Marine, entra dans la danse. En quelques minutes, il ne resta rien des canons allemands ultra-modernes ni des « touristes » qui les servaient.

Torse nu, le calot sur l'œil, Mena lança ses ordres. Il fit ouvrir les panneaux et les portes blindées du compartiment où il servait un 75 d'origine française.

— Ça sent le pin ! dit Riton, les yeux rougis par la poudre.

Mena respira profondément. Il passa ses jumelles à Harszfield :

— Regarde ! L'artillerie des Brigades n'aurait pas fait mieux !

— Peut-être. Mais tu ne peux pas faire d'un cas d'espèce une généralité.

— On est tous des cas d'espèce, Robert, et je ne tiens pas du tout à devenir une généralité. C'est tout le problème, vieux ! répondit Mena en souriant.

Harszfield haussa les épaules, sauta sur le ballast et s'enfonça dans la forêt. Les arbres, plantés serrés, dégageaient une forte odeur de résine.

— Il n'a pas l'air heureux, le Robert ! constata Riton d'un air préoccupé.

— Parce qu'il a tort. Regarde notre Dragon Rouge : en...

Il réfléchit un instant, puis reprit :

— En quinze jours, douze batailles.

— N'empêche, t'aurais vu son regard derrière ses carreaux !

Ils descendirent sur le ballast, firent quelques pas avant de s'asseoir sur le talus. Comme des simples promeneurs, ils humaient l'air. L'odeur du pin alliée à celle du goudron et de la créosote dégageait un étrange parfum, plutôt agréable. Ils prirent même le temps de contempler les gouttelettes de résine brillant comme de précieux colliers le long des troncs.

— Qu'est-ce que je donnerais pour un glass ! dit Riton.

— Ouais, un petit pastis du côté des Gobelins ou de la Mouf', un dimanche midi. Et pousser jusqu'à la Maub'...

Riton inclina la tête d'un air désapprobateur :

— Je pensais plutôt au Sébasto, un demi glacé. Et là, laisser Saint-Lago à main gauche et grimper aux Amandiers, et puis La Courtille. Et finir par une énorme entrecôte *Chez Tatave*, à La Villetouse. Ça c'est un dimanche, mon pote.

Riton se perdit dans ses souvenirs. Il passa machinalement son paquet de cigarettes à Mena avant d'en allumer une. Mal à l'aise, il en examinait l'extrémité incandescente.

— Tu sais, pour ce qui est de Robert... Je suis pas très au courant de vos salades, même si j'ai l'impression que tu as plutôt raison, mais je voudrais qu'on reste bien unis. Tu vois, ici, c'est déjà pas notre pays, alors... Si en plus on se cherche des crosses...

Mena réfléchit longuement tout en fixant une colonne d'infanterie. Les soldats, ravis par l'anéantissement de la batterie allemande, jetaient cigarettes, morceaux de saucisses ou conserves aux artilleurs du train blindé.

Moins distrait qu'il n'y paraissait, Mena répondit :

— T'as raison, Riton. Sauf qu'on peut pas laisser Robert dire n'importe quoi ou nous entraîner n'importe où. Pour lui, la révolution, c'est le contraire de la pagaille. Il est obsédé par ça. Il ne veut même pas saisir qu'il y a des périodes où les choses se mettent en place et que ça prend forcément un certain temps.

— Ecoute, il n'a pas vraiment tort, question bordel, on

a été servi. Les munitions qui arrivent tranquillement après la bataille, les unités qui foutent le camp sans prévenir, la bouffe vraiment blèche... C'est pas de l'organisation, ça.

Mena, lèvres pincées, observa son ami :

— Si tu penses comme lui...

— Dis pas de conneries, Louis.

— En taule, la bouffe arrive à l'heure. Et c'est supérieurement organisé, j'en sais quelque chose. Ben ça m'intéresse pas. Et tant pis si Robert fait la gueule parce que je lis le canard de la CNT ou que j'aime bien Juarez, malgré le POUM.

Ils gardèrent le silence un certain temps.

— Tout le monde, ajouta Mena, se met à penser comme Robert : si vous voulez être utiles, si vous voulez pas risquer votre peau pour rien, rejoignez les régiments communistes. Et merde !

Il se leva, donna un violent coup de pied dans un caillou et gagna l'avant du Dragon Rouge.

— On ne passe pas !

Un soldat barrait le passage. D'autres républicains arrivaient en toute hâte et prenaient position autour du train, fusils pointés, exactement comme l'eussent fait des franquistes.

Renonçant à faire valoir son grade d'officier et s'efforçant au calme, Mena demanda :

— Qu'est-ce qu'il se passe ?

Le soldat, très jeune, hésita puis regarda Mena avec embarras :

— Tu ne dois pas t'éloigner du train : nous avons ordre d'ouvrir le feu sur tous ceux qui essayeraient de s'enfuir.

Mena n'y comprenait rien.

— S'enfuir... S'enfuir ? Mais pourquoi ? C'est notre unité, ici !

— Regagne le train. Tu es officier. Les officiers n'ont pas le droit de sortir.

Cet ordre l'irrita par-dessus tout.

— Je dois voir le colonel Juarez, réclama-t-il. J'ai un rapport urgent à lui faire.

— C'est impossible.

— C'est une affaire de sécurité.

— Les troupes de sécurité, c'est nous !

— Je veux voir le colonel !

Le soldat secoua la tête.

— Ton colonel était un espion de Franco. En ce moment, on l'emmène à Barcelone.

— Tu rigoles ? Il s'est embarqué pour l'Espagne dès qu'il a appris l'*alzamiento**.

— Ça ne me regarde pas ! Regagne ton compartiment. Une rébellion n'arrangerait pas tes affaires !

Mena hésita à peine. Il porta la main sur son colt mais le soldat pointa immédiatement une longue baïonnette sur la poitrine du Français en disant :

— Je t'ai dit de regagner ton compartiment ! Lève les mains et marche devant !

* *Alzamiento :* soulèvement (franquiste).

20 juillet 1938 / Barcelone

Il entretenait des relations assez crispées avec les rats de sa cellule et constatait avec amusement que les poux de l'arrière se montraient plus féroces que ceux du front.

Pas rasé depuis plusieurs jours, enfermé dans ce réduit depuis plus de trois semaines, Mena regardait la lune derrière les barreaux.

Il se sentait fragile, presque sentimental et ce, dans une période de sa vie où, il ne l'ignorait pas, il devait rester dur, vigilant, et se préoccuper uniquement de son procès à venir. Si tant est qu'on le fît passer en jugement et que ses geôliers n'optent pas pour « la promenade ».

La « prison », contrôlée par le PCE, était en réalité un ancien hôtel particulier réquisitionné après l'exécution de ses propriétaires. On y entendait beaucoup de voix étrangères, des officiers chargés des « interrogatoires ». Parmi ceux-ci, Allemands et Russes dominaient en nombre et en fureur. Quant aux Espagnols, ils appelaient l'endroit *Tcheka* sans spécifier s'il s'agissait là d'un trait d'humour ou s'ils en tiraient une certaine fierté.

Peu d'informations parvenaient aux prisonniers mais Mena savait que le colonel Juarez « avait été abattu alors qu'il tentait de fuir dans le but de rallier les lignes fascistes ».

Mena contemplait la lune. Parce qu'elle lui faisait passer le temps et qu'elle était le seul astre dont il pouvait profiter à loisir au fond de son trou. Il se rappela, avec tendresse, que Riton la qualifiait toujours de « vaine louchante ».

Il prononça l'expression à plusieurs reprises, comme pour en trouver le sens caché. Ici l'argot de son ami lui semblait encore plus lyrique. Comme de la poésie. Il s'en trouva tout ému. D'autant que soudain il s'inquiétait de ses camarades et des combats du front. Quand il pensait que c'est à Chastenet qu'il devait indirectement d'être là, il ne pouvait s'empêcher de voir dans cette vengeance un prétexte stupide et inutile. Il n'avait pas besoin d'alibi pour s'engager dans cette guerre. Ensuite à son retour — s'il rentrait un jour —, il ne manquerait pas de moyens pour rappeler à ce criminel son geste. Et le punir.

A son propre étonnement, il s'apercevait que ni les horreurs de cette *Tcheka*, ni les hurlements des « espions trotskistes du POUM » qu'on torturait, ni l'avance inéluctable des armées fascistes et de leurs alliés allemands et italiens ne modifiaient ses convictions. Il souhaitait rejoindre le front à tout prix.

Il se savait investi par l'Espagne, comme une terre occupée. Il se sentait si proche du peuple espagnol, des visages entraperçus, des vieux très dignes, des enfants, des femmes vertueuses vêtues de noir devant leurs maisons blanches sous un soleil de plomb. Il se sentait intimement lié à ses camarades côtoyés dans les batailles, ces ouvriers et ces paysans qui tenaient la dragée haute à une armée de tueurs professionnels.

Mena ne pensait plus qu'en termes de classe : sa classe se battait ici, et peu importât qu'elle fût espagnole. Avec une certaine naiveté, il s'imaginait qu'il suffisait d'écraser le fascisme pour se libérer des salauds de l'arrière. La guerre finie, les combattants sauraient nettoyer l'arrière et ses tchékistes, policiers tortionnaires et autres services de sécurité pleins d'assassins peu différents des fascistes.

Cette mission optimiste lui mit du baume au cœur. Si bien qu'il fût à peine surpris par les bruits de clés dans la serrure de sa cellule. La porte s'ouvrit, un jeune homme en uniforme de commandant vint se planter devant lui. Après lui avoir fait lecture d'un certain nombre de papiers, il eut un geste tout à fait inattendu. Souriant, il offrit une cigarette au prisonnier en disant :

— Appelle-moi « commandant Pablo », camarade.

Mena hocha la tête, songeant que le « commandant Pablo » avait dû voir le jour — compte tenu de son accent — du côté des Balkans. Il n'empêche, après la cigarette russe à bout en carton, on lui donnait du « Camarade ». Quelque chose de définitif était donc intervenu :

— On va m'exécuter ? demanda Mena d'un ton froid.

— Ici, on n'exécute pas. On « châtie » les traîtres. L'instruction de ton affaire est close : tu n'es pas un fasciste.

— Avec ce que j'ai gagné comme décorations, ça me semblait clair depuis le début.

— Ce n'est pas une preuve ! Les fascistes infiltrés dans nos rangs peuvent occasionnellement obtenir des décorations aux dépens des leurs. Une fois dans la place, occupant de hautes fonctions, ils sont d'autant plus efficaces pour saboter l'action de l'Armée populaire. Toi, tu seras libéré demain à l'aube et tu rejoindras aussitôt le front par tes propres moyens.

Mena, qui ne sous-estimait pas son interlocuteur, songea à un piège. Vu sa situation, il pouvait aller plus loin :

— Entendu. Alors on me dira pourquoi j'ai passé trois semaines dans ce trou infect.

Le Yougoslave lui jeta un regard courroucé :

— Tu as fait l'objet d'une vérification méticuleuse, comme tous les officiers du train blindé. Dans la mesure où votre chef était un agent d'Hitler et de Franco, membre de l'organisation subversive POUM, une investigation systématique s'imposait au nom de la vigilance antifasciste. Dans ton cas, nous avons eu de bonnes informations de la CNT.

Mena eut une pensée reconnaissante pour un capitaine du train blindé, membre de la FAI, avec qui il avait souvent discuté et auquel il ne cachait plus ses sympathies pour ce mouvement. Les « bonnes informations » ne pouvaient venir que de cet homme que les communistes ne pouvaient garder par peur de la toute-puissante CNT et de ses centaines de milliers de combattants.

Le Yougoslave dut interpréter le silence de Mena comme une désapprobation car il ajouta :

— Bien entendu, il nous fallait des renseignements venus de France. Cela explique le délai.

Les renseignements venus de France ne pouvaient émaner que des militants communistes de l'Electro-Mécanique de Savoie. Mena était ravi de constater ainsi que l'antifascisme l'emportait à présent sur leurs vieilles querelles idéologiques.

Le « commandant Pablo », un peu crispé, demanda :

— Au-delà du désagrément passager que tu as subi, je suppose que, sur le principe, tu approuves notre démarche ?

La menace, sous-jacente, semblait claire. Mena, brusquement pressé d'en finir, se montra conciliant :

— Bien sûr ! Même si j'en ai fait les frais !

— Qu'est-ce que tu veux dire ?

— Rien de plus que ce que j'ai dit : j'approuve en toutes circonstances la vigilance antifasciste.

Le « commandant Pablo » se détendit :

— C'est parfait. Le train blindé Dragon Rouge sur lequel tu servais a été anéanti par les bombardiers fascistes, mais tes camarades français sont indemnes. L'autorité militaire, compréhensive, t'a muté dans une unité où tu les retrouveras.

— Merci ! dit Mena à contrecœur en songeant : « Si je te retrouve au front, je te bute. »

— Un problème ? demanda le Yougoslave, vigilant.

Feignant une certaine gêne, Mena répondit :

— Eh bien... Pendant ces trois semaines, vois-tu, je n'ai pas reçu d'informations et je m'inquiétais de la situation au front...

Le Yougoslave offrit une nouvelle cigarette russe à son ex-prisonnier :

— Le front tient superbement !

« Pas grâce à toi, fumier ! » songea Mena tandis que l'autre reprenait :

— Tu auras une occasion de te réjouir avant longtemps. D'ici un mois, nous aurons gagné la guerre !

21 juillet 1938 / Barcelone

Une pluie fine tombait sur Barcelone.

Malgré l'heure très matinale, de longues queues stationnaient devant les magasins. Des femmes, essentiellement, et des enfants au teint blême et aux yeux brillants.

Mena les observa, le cœur serré.

Au même instant, les sirènes annonçant un raid des bombardiers nazis dispersèrent l'essentiel de la foule. Mais certains, debout depuis des heures et occupant les premiers rangs de la file, préféraient rester.

Mena se réfugia sous le porche d'un immeuble. L'idée de retourner dans une cave lui faisait horreur.

22 juillet 1938 / route de Vila-Seca à Falset

Las de marcher ainsi dans la poussière, Mena avait fini par dormir quelques heures dans un fossé, malgré le bruit des vieux camions qui remontaient la route vers le front. Tous étaient bourrés de troupes fraîches et aucun ne s'arrêta pour lui offrir une petite place.

Enfin un camion russe freina à sa hauteur. Le chauffeur, un barbu qui ressemblait au général El Campesino*, lui lança un joyeux *Salud !* et l'invita à grimper dans la cabine. Mena était tout juste installé que ce dernier entreprit, dans un flot de paroles impressionnant, le récit de sa vie.

— Et alors juste avant, en Afrique, j'ai travaillé dans les dépôts : sisal, wolfram, tous ces trucs qu'on envoyait aux capitalistes anglais de Londres.

Mena bercé par la voix de l'Espagnol et la régularité des cahots s'endormait lentement. Il eut un sursaut de lucidité et demanda à son hôte :

— Excuse-moi, mais toutes ces troupes qui montent au front, c'est quoi ?

L'autre lui jeta un regard surpris :

* Général espagnol, de son vrai nom Valentin Gonzales. Ce communiste, barbu, de très haute taille, jouissait d'une certaine popularité.

— D'où tu sors ?

— De taule.

Le chauffeur sourit, songeant sans doute à des délits liés aux femmes et à l'alcool :

— Faut pas en parler ! C'est un sujet interdit, quoi ! A cause de la Cinquième Colonne.

— Tu trouves que j'ai l'air d'une Cinquième Colonne ?

— Ben... Comme tu l'as vu, on prépare une grande offensive ! On va balayer les ordures fascistes ! Ce coup-ci, ça va pas traîner ! J'espère juste qu'on passera le *garrote vil* à Franco et à sa clique. En tout cas, moi, je suis volontaire pour serrer la vis à tous ces salauds-là !

— T'auras de la concurrence... Tu parlais d'une offensive ?

— Oui. D'ailleurs, ici, maintenant, c'est l'armée de l'Ebre.

— Une offensive sur l'Ebre ? répéta Mena en bâillant.

Nuit du 24 au 25 juillet 1938 / bords de l'Ebre

Mena scrutait la nuit sans lune. A peine si l'on devinait l'Ebre, en contrebas.

— Minuit quatorze ! souffla Harszfield.

Encore une minute. Encore une minute pour les cent dix mille soldats de l'armée de l'Ebre qui attendaient pour traverser la rivière. Des canots avaient été amenés avec les plus grandes précautions. Et vingt mille soldats de la première vague regardaient fixement droit devant eux, conscients de l'extrême importance de leur rôle. Ils le savaient : avec cette bataille, la plus grande offensive de la guerre, se jouait le dernier espoir pour la République.

Cette minute sembla éternelle à Mena qui ne pouvait voir les premières embarcations glissant silencieusement sur les eaux noires. Puis, l'autre côté du fleuve s'illumina. Des mitrailleuses tiraient, des barques touchées de plein fouet explosaient avec leur chargement d'hommes. Empêtrés dans les réseaux de barbelés ennemis, les premiers républicains se faisaient hacher par les grenades.

Comme prises de folie, la terre et l'eau se soulevaient sous les impacts.

Mena maîtrisait difficilement son impatience. Il consulta sa propre montre aux lueurs du front en flammes. Bientôt, comme toutes les autres batteries, il ouvrirait un feu roulant.

De Mequinenza à la mer, l'armée marocaine, totalement surprise par l'offensive, pliait sous le choc. Entrée en action, l'artillerie républicaine ne cessait de pilonner les lignes fascistes et éclairait la ligne de front presque en permanence.

Mena, comme tous les autres officiers d'artillerie, faisait sans cesse allonger le tir, ce qui indiquait la rapidité de pénétration des républicains.

En plusieurs points, fusil au-dessus de la tête, des Maures dont les positions se trouvaient tournées tentaient de traverser le fleuve mais, compte tenu de leur sinistre réputation et du capital de haine qu'ils avaient accumulé contre eux, les turbans blancs attiraient sans pitié tous les tirs d'armes légères, de mortiers et même, à l'initiative personnelle de certains chefs de pièce, des obus.

Six heures plus tard, Mena et sa batterie traversaient l'Ebre et prenaient pied sur la rive droite, complètement saccagée, du fleuve.

Les ordres n'arrivaient pas ou s'étaient perdus. Désœuvrés, les hommes de plusieurs batteries avaient poussé leurs canons au bord de la route poudreuse et regardaient avec étonnement le flot incessant des troupes républicaines qui traversaient le fleuve sur des passerelles ou des pontons lancés par le Génie.

Quelques artilleurs livrés à eux-mêmes décidèrent de prendre un bain, bientôt imités par d'autres, toujours plus nombreux, si bien que dans l'euphorie de la victoire, les officiers se contentèrent de réguler les tours de baignade.

Sautillant sur les cailloux, arborant fièrement des caleçons plutôt dérisoires, les bras et le visage bronzés mais le reste du corps très pâle, Mena, Harszfield et Riton pénétrèrent dans l'eau froide.

— Comme ça, en calcif, ça me rappelle Paris-plage ! lança Mena.

— Les macchabées en moins ! répondit Riton en montrant le cadavre d'un Maure au fil du courant.

Mena tourna délibérément le dos au cadavre et aspergea ses amis pour les entraîner avec lui dans un jeu qui leur ferait oublier les horreurs de la guerre. Ils en avaient bien besoin. Le soleil, l'air doux et ce bain improvisé réussissaient à les dépayser. Ils n'entendaient même plus la bataille se poursuivre au loin.

Riton tenta de fixer le soleil qui l'éblouissait malgré ses paupières plissées.

Cette chaleur intense lui évoqua immédiatement l'usine, les chaînes et l'atelier étouffant. Et sa famille, bien sûr... Il se mit à chanter à tue-tête, histoire d'oublier, entraînant Mena et Harszfield dans une valse aquatique qui eût pour effet de déclencher d'énormes rires dans la rivière.

Du lundi jusqu'au samedi
pour gagner des radis
quand on a fait sans entrain
son boulot quotidien,
subi le propriétaire
le percepteur, la boulangère
et trimballé sa vie de chien...

Mena se dégagea et, laissant les deux autres valser, posa

une main sur son cœur, à la manière des chanteurs des rues, et continua :

le dimanche vivement
on file à Nogent
alors brusquement
tout paraît charmant...

Harzsfield le bouscula d'un léger coup d'épaule et, levant un index pertinent, il lança le refrain aussitôt repris par ses amis :

Quand on s'promène au bord de l'eau
comme tout est beau, quel renouveau
Paris au loin nous semble une prison
on a le cœur plein de chansons
l'odeur des fleurs nous met tout à l'envers
et le bonheur nous saoule pour pas cher
chagrin et peine, de la semaine
tout est noyé dans le bleu dans le vert...

Les soldats espagnols qui passaient, attendris, émus, souriaient devant ces internationaux et leur explosion de joie. Prêts à toutes les indulgences, ils se réjouissaient du bonheur de ces hommes dont ils ne connaissaient pas la langue « francès », mais qu'ils n'oublieraient pas. Pas plus que cette allégresse générale qui marquait le début de la bataille de l'Ebre.

Mena était resté torse nu après la baignade, le vent chaud lui caressait agréablement la peau. Il avait néanmoins remis sur sa tête son calot à pompon, signe qu'il n'avait pas renoncé à la bataille. Il suivait sur une carte la tactique annoncée d'une voix tonitruante par un soldat d'état-major.

Il émit un petit sifflement et entreprit de montrer l'itinéraire à Harszfield :

— Nous, on va au sud-est, direction Gandesa par Moro la Nueva. On marche à côté de la 11e division de Lister et la 10e Brigade internationale un peu plus bas. Ce qu'ils disent pas, c'est comment on va traverser cette chaîne montagneuse.

— Qu'est-ce que ça peut faire ? Pour une fois, c'est nous qui attaquons et qui allons en avant... Les canons, on les poussera à la main.

— Ouais, ce sera pas la première fois.

Ils entendirent aboyer. Ils se retournèrent et virent Riton occupé à faire marcher un chien sur ses pattes de derrière en lui tendant un morceau de lard à quelques centimètres de la truffe.

— Il est doué, hein ? dit Riton sans quitter le chien des yeux.

Le pauvre bâtard était tout essoufflé — sans doute avait-il une malformation pulmonaire. Mena, amusé, lança :

— Ce clebs, en patrouille, ça doit pas être un cadeau ! Il fait autant de foin que feu le Dragon Rouge.

— Tu me donnes une idée, je vais l'appeler « Tchouck-Tchouck ». C'est bath, comme blaze, non ?

Mena fronça les sourcils :

— Dis voir, Riton, t'as quand même pas l'intention de t'encombrer de cette horreur ?

— Tu me l'interdirais ? répondit Riton de cette voix qu'il employait très rarement, mais qui fonctionnait, pour ses amis, comme un signal.

Mena battit en retraite :

— J'ai rien à t'interdire, monsieur Riton. Je me permets simplement de signaler au caporal Riton que son clebs doit avoir des puces.

Harszfield, qui trouvait la chose « irrationnelle », ajouta :

— C'est vrai qu'il a l'air nase !

— C'est tout ? demanda Riton avec une inquiétante douceur.

Mena, qui sentait la partie perdue, lança son ultime carte :

— Justement non, c'est pas tout : ce clébard, il est en zone franquiste. Il est pas des nôtres. Probable même qu'il fricote avec la Cinquième Colonne.

— Erreur ! répondit Riton, je viens de le voir traverser l'Ebre. Ce chien est républicain. D'ailleurs, il est tout mouillé et son pelage est minable : il est des nôtres.

— Il a un regard bizarre, ses yeux sont jaunes. A ta place, je me méfierais !

— Ses yeux sont miel. Et puis faut bien que je ramène quelque chose aux gosses et un clebs, ça fait toujours plaisir. C'est une présence, quoi !

— Franco aussi, c'est une présence ! rétorqua Harszfield.

— N'empêche, s'il nous suit, il est à moi. Et il croûtera sur ma part.

Mena haussa les épaules et se tourna vers Harszfield, cherchant son approbation.

— S'il nous suit, il est à moi. C'est un raisonnement de droite, ça !

Harszfield sourit. Son différend politique avec Mena ne les séparait plus.

Peu après, la batterie démarra, croisant des files de prisonniers fascistes qui, tête baissée, semblaient abasourdis par la quantité d'hommes et de matériel républicains qui montaient au front alors que, pour le monde entier, la République était au bord de l'abîme.

Chaque fois qu'il croisait un officier franquiste de haut rang, Riton lui tirait une balle entre les jambes en criant le slogan fasciste « *Viva la muerte !* ».

Puis, affectant la mine du syndicaliste déçu, il écartait les mains en un geste d'impuissance et ajoutait :

— On est là, tout prêts à faire aboutir leur juste revendication et à chaque fois, ça se dégonfle ! Qui c'est qui m'a foutu une classe pareille ?

5 novembre 1938 / fin de la bataille de l'Ebre

Jamais Harszfield n'avait vécu un été aussi sombre. Ses espoirs étaient anéantis, ses propres forces aussi. Dépité, il parcourait machinalement du regard des journaux français tombés entre ses mains, tous plus dévastateurs les uns que les autres.

« Pilonnée par l'aviation allemande et l'artillerie fasciste, l'offensive républicaine a été stoppée dès les premiers jours d'août et se transforme en défaite malgré l'acharnement à conserver le terrain conquis. Certaines unités ont déjà repassé le fleuve depuis longtemps, sans tambour ni trompette. Sur cent dix mille hommes de l'armée de l'Ebre qui, pendant trois mois, continrent deux cent trente mille fascistes dotés d'énormes moyens, les trois quarts ont été tués, blessés ou portés disparus... »

Ils avaient quitté leurs retranchements de terre et de sacs de sable inondés par les pluies d'octobre. Ils étaient une trentaine, dont Harszfield, Mena et Riton, à longer péniblement une voie ferrée. Chaque tir d'artillerie les plongeait dans la boue, ils n'en pouvaient plus de fatigue, de découragement et de crasse.

Ni Mena ni ses deux amis n'abordaient la question mais avec la perspective de la guerre perdue apparaissaient de nouveaux problèmes : rentrer en France comme des vaincus, chercher du travail et, tôt ou tard, la certitude d'une autre guerre. Contre l'Allemagne.

— Un train ! Juste avant le pont !

Le mot, répété, arriva jusqu'à Mena qui marchait en queue de colonne. Il saisit aussitôt ses jumelles dont il régla rapidement les lentilles. Lorsqu'il les baissa, son visage en disait suffisamment long :

— Désolé. Il n'y a que quatre wagons sanitaires. Quant à la locomotive, ils ont vidé le foyer. En plus, le pont est en très mauvais état.

Harszfield saisit les jumelles que lui tendait Mena.

— Exact. Mais on pourrait essayer de la faire repartir, non ?

— Non. Il y a un très long temps de chauffe. En plus, il faut des briquettes d'allumage et ça ne se trouve pas en rase campagne. Et si les mécaniciens ont fait la malle, c'est que le pont n'aurait pas résisté au poids du train. Quant au plongeon dans l'Ebre, c'est plutôt haut !

— De toute façon, c'est sur notre chemin ! dit Riton.

Les blessés légers, venus à la rencontre des artilleurs, ne laissaient en rien présager l'horreur régnant dans les wagons. Une litanie de plaintes s'échappait des corps qui gisaient à l'intérieur des voitures où flottait une épouvantable odeur d'infection et d'excréments. Mélangés aux morts, les grands blessés — amputés ou brûlés — avaient, à l'évidence, perdu jusqu'à la moindre lueur d'espérance. « Et toi ? Tu nous laisseras tomber aussi ? » semblaient dire tous ces regards résignés tournés vers Mena.

Un colonel d'état-major, amputé d'une jambe, vint à sa rencontre.

— Lieutenant, que chacun de vous s'assure d'un blessé. Vous en sauverez toujours une vingtaine.

Mena n'avait pas prononcé un mot au cours de sa visite des wagons. Il cherchait désespérément une solution. Le colonel, agacé par ce manque de réaction apparent, s'emporta :

— Lieutenant, je vous ai donné un ordre !

— Ta gueule !

L'impatience du colonel l'irritait par-dessus tout. Il voulait réfléchir, persuadé qu'il existait un moyen de sauver ces hommes. Et pour cela, il lui fallait un peu de temps. La précipitation ne ferait qu'aggraver la situation.

— Camarade, reprit le colonel sur un autre ton, je ne te demande rien pour moi. Mais tu sais que les Maures n'hésiteront pas à égorger nos camarades incapables de se défendre. Tu ne laisserais pas des enfants, n'est-ce pas ? Eh bien la plupart sont redevenus des gosses, avec des peurs de gosses, des peurs immenses !

Mena leva la tête et observa le colonel. Il était bien jeune pour un grade aussi élevé :

— Dis-moi, colonel, tu es d'active ?

— Non.

— Qu'est-ce que tu faisais, dans le civil ?

— Instituteur.

— Tu es communiste, n'est-ce pas ?

— Oui.

Mena secoua la tête d'un air amusé :

— Je l'aurais parié ! Tu parles bien, tu trouves les bons mots... Tu vois, je n'ai pas l'intention de vous laisser tomber... Mais, sur l'autre rive, c'est la liberté, car les nôtres feront sauter le pont avant l'arrivée des franquistes. Donc lorsque la liberté et la vie se trouvent de l'autre côté d'un pont, tu ne donnes pas l'ordre aux hommes de rester sur place.

— Qu'est-ce que tu comptes faire ?

Mena ne répondit même pas au colonel. Visiblement,

sa décision était prise et il passait à l'action. Il réunit ses soldats.

— Camarades, vous allez visiter ces wagons un par un. Ce sera le seul ordre. Ensuite à vous de vous décider à passer ou non. Pour ceux qui voudront rester ici, j'aviserai... Et n'oubliez pas que vous pourriez tous vous trouver dans ce train sanitaire.

Il n'y eut pas de défection. Chacun était prêt à tout faire pour permettre le passage de l'Ebre aux blessés. S'ensuivit une discussion où toutes les suggestions étaient les bienvenues. Mena écoutait attentivement, abandonnait certaines idées pour en retenir d'autres. Il entrevit enfin une solution possible.

— Je crois que j'ai trouvé.

— A quoi tu penses, Louis ? demanda Harszfield.

— C'est risqué !

— Dis toujours.

— Le pont ne peut pas supporter une locomotive, ça, c'est une certitude. Et encore moins un train. Si on envoyait quelques hommes de l'autre côté...

— Qu'est-ce qu'il y a de l'autre côté ? demanda un sergent.

— Un dépôt ferroviaire. Avec la retraite, on a des chances qu'il y ait encore une locomotive sous pression.

— Tu veux en amener une ici ? demanda le colonel invalide.

— Non, le problème serait le même. Je voudrais l'amener de l'autre côté du pont, en marche arrière depuis le dépôt.

Harszfield, qui avait compris, sourit à son tour :

— C'est gonflé ! C'est vraiment gonflé ! J'envoie Riton, Diego et Hernandez. S'il y a une loco, ils la ramèneront.

Riton approuva, puis fronça les sourcils.

— Mais... Cette loco-là, elle va nous gêner...

— Elle ne sera plus là quand tu reviendras ! renchérit le colonel qui avait saisi la manœuvre. Quant aux wagons, on les lancera un par un. Ah, c'est splendide ! C'est bien ça ?

Mena hocha la tête. L'attitude du colonel le mettait mal à l'aise. Quand même, cet homme était plus intelligent que lui et il trouvait anormal que ce dernier lui manifestât une telle admiration.

Les quatre wagons sanitaires, bien calés, attendaient avec leur chargement d'hommes blessés.

Pendant ce temps, à l'aide des clés à éclisses trouvées dans le tender, une vingtaine d'artilleurs avec les blessés moins gravement atteints avaient ôté les rails sur quelques mètres, juste avant le pont ébranlé.

Harszfield, dubitatif, se détourna de son travail. Il appela Mena.

— Trop près du pont, Louis. En basculant, la loco le fera dégringoler. Il est ébranlé de partout.

— Pas moyen de faire autrement ! Si la loco n'a pas assez d'élan, elle restera coincée sur le ballast et nous bouchera le passage. Même en tenant compte de la pente et même en poussant tous, je ne suis pas sûr qu'on y arriverait.

Autour d'eux, les hommes fumaient nerveusement, parlaient peu, n'osant spéculer sur les chances de réussite du projet. Une heure s'était écoulée depuis le départ de Riton et des deux soldats. Le moral dégringolait sérieusement lorsqu'une plainte lointaine se fit entendre.

Avec ses jumelles, Mena repéra un petit point noir à l'horizon, loin, très loin du pont ébranlé.

De seconde en seconde, le point grossissait jusqu'à devenir une locomotive roulant à toute vitesse, en marche arrière, tandis que Riton agitait les bras et que Diego et Hernandez, des Andalous, appuyaient le canon de leurs fusils dans les reins d'un mécanicien.

Mena contint difficilement sa joie :

— Préparez-vous à pousser ! Retirez les cales de la loco : parés pour le plongeon !

Il jeta un dernier regard à la splendide locomotive, une Maquinista 2001 de 1935, contrastant avec la machine anglaise poussive qui arrivait à toute vapeur.

La locomotive bougea lentement malgré les dizaines d'hommes qui poussaient de toutes leurs forces. Finalement, entraînée par son propre poids, elle gagna rapidement de la vitesse.

Les soldats, bouche bée, la virent rouler sur le ballast qu'elle laboura sur plusieurs mètres, avant de rester un instant suspendue dans l'espace et de plonger dans l'Ebre dans un bouquet bruyant de gerbes d'eau.

Un grondement venant du pont et des éboulis de roches laissèrent un instant penser que l'édifice allait suivre le même chemin, mais rien de tel ne se produisit.

Mena, pour exorciser la peur, saisit une pelle et ordonna :

— Au boulot, les gars : faut remettre le ballast en état et réinstaller les rails ! Pensez que les fascistes sont sur nos talons, ça vous donnera du cœur à l'ouvrage !

De l'autre côté du pont, le mécanicien réalisa ce qui se préparait et, instinctivement, se signa.

Même jour (5 novembre 1938) / même endroit

Mena et Harszfield, perplexes, étaient en grande discussion avec un blessé, un ancien terrassier madrilène. Malgré trois heures d'efforts, les dommages causés au ballast par la locomotive déraillée étaient à ce point importants que le résultat des travaux laissait encore à désirer.

Un soutènement de cailloux qu'acheminait une longue chaîne humaine, semblait être la seule solution. Mais, sans rouleau, ils étaient confrontés au problème du tassement.

— Ça tiendra le coup ! dit Harszfield.

— Ça dépend, répondit le terrassier, ça va fléchir, ça s'enfoncera, si le premier wagon passe, il tassera les silex et les autres suivront. Seulement faut que le premier wagon passe...

Mena se retourna : les blessés de la quatrième voiture — les grands brûlés — avaient été répartis dans les autres wagons, hormis ceux qui pouvaient marcher et qui attendaient dehors. Néanmoins, Mena envisageait avec horreur les limites de sa logique : lorsque les wagons de blessés atteindraient la zone accidentée, hâtivement réparée, qui s'étendait sur une dizaine de mètres, ils seraient à pleine vitesse. Si le ballast cédait, l'aventure se terminerait vingt mètres plus bas, au fond de l'Ebre, sans que rien ne puisse être tenté.

En outre, la pente s'interrompait avec le pont avant d'amorcer une nouvelle déclivité presque aussitôt : l'élan suffirait-il pour atteindre l'autre côté ? Enfin, il fallait placer la locomotive anglaise de Riton judicieusement, juste à l'amorce de la nouvelle déclivité, pour éviter un choc trop violent.

Irrité contre lui-même, contre son absence de connaissances techniques à laquelle il substituait des « combines », conscient du peu de temps dont il disposait et de cette charge morale énorme — ses vingt hommes et plus de deux cents blessés — il hâta les choses :

— Je prendrai place dans le premier wagon. J'espère que ça va vous inspirer confiance. Robert, observe bien comment ça se passe au niveau du terrain accidenté.

Et, sans ajouter un mot, il grimpa dans le premier wagon et fit signe d'ôter les cales.

Le wagon, qui prenait de plus en plus de vitesse, arriva à la hauteur de Harszfield. Brusquement ému, il fut assailli de pensées inhabituelles. La chute de la locomotive plongeant vers l'Ebre lui revint en mémoire et avec elle l'idée que Louis était peut-être mortel, et même très certainement, tout comme Riton, et lui, et tous les gars de la batterie avec lesquels il avait souffert sous les bombardements, sous le soleil, dans la terre séchée du mois d'août et lors des pluies diluviennes d'octobre. Même le chien Tchouck-Tchouck, sûrement franquiste — à cause de ses yeux jaunes — pouvait brusquement cesser de respirer pour immédiatement commencer à pourrir. Et tous ces blessés qui, s'ils ne se retrouvaient pas au fond de l'Ebre, seraient égorgés comme des moutons par les

Marocains alors que des parents, des femmes et des enfants faisaient de chacun d'eux l'objet unique de leurs attentes. Quelle immonde et tendre saloperie, la vie ! Quelle chose redoutable, horrible, quelle merveilleuse aventure !

Il fixa le point critique de la voie ferrée, vit le wagon de Mena accuser le coup, les pierres s'ébouler, l'acier du rail fléchir... Il ferma les yeux un quart de seconde. Il était passé, il filait sur le pont chancelant avec assez d'élan pour atteindre l'autre rive. Il y arrivait !

Le cri de bonheur d'Harszfield se fondit dans les hurlements de joie et le long sifflement victorieux de la vieille locomotive Inglese qui manœuvrait déjà pour accrocher le wagon frappé sur le toit et les flancs de croix rouges sur fond blanc.

Harszfield réajusta ses lunettes. Le tableau que formaient les nouveaux arrivants le stupéfia. Ces cavaliers chevauchant au milieu des rails semblaient échappés d'un livre du XIXe siècle tant leur allure et harnachement étaient incongrus au milieu d'une guerre moderne.

On allait procéder au lancement du second wagon lorsqu'un groupe d'une cinquantaine de cavaliers apparut, venant des lignes républicaines. C'étaient les Polonais des ex-Brigades internationales — dissoutes peu auparavant. Ayant reçu l'ordre de faire sauter le pont « sans délai », ils avaient à peine mis pied à terre qu'ils commençaient à placer leurs charges explosives.

Mena, sentant la discussion inutile, fit venir le colonel amputé. Lui aussi se heurta à une fin de non-recevoir. Alors, malgré leur infériorité évidente — ses vingt artilleurs ne pesaient pas lourd face à ces soldats d'élite —, Mena ordonna qu'on lance le second wagon sanitaire.

Il se trouvait sur le pont, à proximité du capitaine polonais commandant le détachement, lorsque le wagon fou frôla les hommes affairés.

Tout le pont frémit et certains Polonais, pris de panique, s'enfuirent à toutes jambes, tandis que leur capitaine, ivre de rage, sortait son revolver et se ruait vers Mena, l'injuriant dans un espagnol approximatif :

— *Hijo de Puta !*

Des culasses claquèrent, de part et d'autre. Les artilleurs, malgré leur petit nombre, ne semblaient pas décidés à céder aux Polonais.

Deux hommes se dirigeaient vers Mena. Aussi rapidement que possible, car ils tenaient un étrange fardeau. Un paquet d'un mètre de long environ qui, vu de près, avait figure humaine. C'était un homme sans bras ni jambes, un tronc et une tête aux yeux bleu clair et aux cheveux blonds. On ne savait rien hormis qu'il était polonais et avait appartenu à la 150e Brigade internationale « Dabrowski ».

Sa voix était enrouée, presque voilée. Pourtant on pouvait deviner une certaine fermeté dans ses propos, que venait renforcer un regard dur qui ne quitta pas un instant celui de son compatriote.

Nul, hormis les Polonais présents, ne sut ce qu'il dit, ni son grade mais lorsqu'il ordonna qu'on le ramène, le capitaine du détachement de cavalerie salua militairement.

Puis, se tournant vers Mena :

— Excusez-moi, j'ai pris les ordres trop à la lettre, mais ce pont est un des derniers et les franquistes arrivent. Il vous faut longtemps pour lancer le dernier wagon ?

Le second wagon était déjà accroché au premier et les hommes adressaient de grands signes à Mena qui put ainsi répondre au Polonais.

— Maintenant, on a l'habitude. On lance tout de suite. Le temps que je rejoigne mes gars. Vaudrait quand même mieux que tu retires tes soldats... *Hijo de Puta !*

L'autre ne réagit pas.

La quinzaine de « pousseurs », les derniers républicains du secteur, grimpèrent en hâte sur le wagon avant que celui-ci ne prenne de la vitesse.

Le ballast, très éprouvé, s'effondra... juste après le passage du wagon.

Le spectacle de ce wagon qui semblait précéder l'effondrement de tonnes de pierres d'à peine quelques mètres exerçait une véritable fascination sur les spectateurs et les Polonais eux-mêmes participèrent à l'accueil délirant qu'on réserva aux rescapés.

Le train n'avait pas parcouru un kilomètre que tout le pont sombrait dans l'Ebre sous le regard des Polonais pour la plupart déjà en selle.

— On a réussi, les poteaux !

Riton, incapable de contenir sa joie plus longtemps grimpa sur le tender où il exécuta un pas de deux.

Un Junker allemand attaqua en rase-mottes, ouvrit le feu de ses mitrailleuses sur les wagons sanitaires et la locomotive. Une batterie de DCA, embusquée dans la gare toute proche, le prit immédiatement pour cible.

Ce bref éclat meurtrier échappa à Riton.

Il gisait dans son sang.

22 décembre 1938 / Barcelone

Les armées de la République consommaient beaucoup d'hommes. Et beaucoup d'officiers.

Les cadres expérimentés faisant cruellement défaut, les promotions se succédaient. L'affaire du train sanitaire avait eu quelques échos dans la presse et Mena fut nommé capitaine tandis qu'Harszfield était promu lieutenant. Cela signifiait leur séparation sous peu...

Mena buvait son vin en silence, sans un regard sur les *ramblas* qu'on distinguait à travers la vitre...

Harszfield était tout aussi sombre : muté sur le front de Madrid après un stage de quarante-cinq jours dans l'artillerie lourde, il appréhendait la solitude à venir.

Curieusement, c'est Riton qui tentait d'installer une certaine bonne humeur. Désignant sa manche vide, il commenta :

— Démerdez-vous pour gagner la guerre parce que c'est pas Franco qui me payera une pension de manchot.

— Arrête tes conneries, dit Mena, ta petite femme va te dorloter.

— On voit que t'es pas marida ! D'ici à ce que je claque, elle va me le reprocher, ce bras qui s'est fait la valoche ! Qu'est-ce que je vais foutre comme ça ?

Mena adressa un signe à Harszfield qui, aussitôt, commença d'une voix douce :

— A ce sujet, Riton... Tu vois, Louis et moi on a pour ainsi dire pas touché à nos dernières soldes. C'est pas grand-chose mais... Et puis les gars de la batterie ont fait une petite quête et...

Riton l'interrompit :

— Pas question ! J'en suis pas là ! Pas encore, les gars ! Vous verrez ça quand j'en serai à tendre la pogne qui me reste sur les marches de la Madeleine... Non non, pas de ça, les potes !

Harszfield eut un geste d'impuissance et Mena prit le relais.

— Riton, si je suis dans le malheur un jour, si je rentre esquinté de cette guerre, je me laisserai plutôt crever que d'aller te voir.

Un long silence s'installa. Dans l'arrière-salle du café, des soldats de la Ve armée de Lister étaient sur le point d'en venir aux mains avec des vétérans de la XVe armée de Tagüeña.

— Pourquoi tu me dis ça, Louis ?

— Qu'est-ce que tu fais d'autre ? Comment tu te comportes avec tes amis ? Il pue, notre pognon ?

Riton, qui ne pouvait exprimer ce qu'il ressentait, répondit simplement :

— Mais vous en aurez peut-être besoin, de ce pognon ! Si...

Il jeta un regard de part et d'autre de leur table et, presque à voix basse :

— Une supposition que vous vouliez passer discrètement en France...

— Sacré Ducon ! dit Mena en glissant de force une enveloppe dans une des poches de la tunique de Riton.

L'heure approchait.

Riton allait rejoindre le camion qui le mènerait à la frontière. Harszfield, gagner le port et le bateau partant pour Valence.

Et Mena, rejoindre sa batterie sur le front à présent tout proche.

Mais chacun tentait de retarder ce moment qui marquait avant tout une coupure brutale, la solitude et la fin de cette solidarité affectueuse indispensable au front.

— Et Tchouck-Tchouck ? demanda Harszfield.

Riton jeta un regard au chien couché au pied de la table et se tourna vers Mena d'un air ennuyé.

— A la maison, ça va pas aller tout seul de nourrir les gosses, alors le chien...

— Entendu !

Riton ne put retenir un soupir de satisfaction. Il lança une dernière blague :

— C'est toi le plus veinard, Louis !

— Pourquoi ? Parce que tu m'as filé cet espion franquiste aux yeux jaunes ?

— Non, mais du train où ça va en Catalogne, tu pourras bientôt commander le tir de ta batterie sans bouger ton cul de ce bistrot.

Mena fit signe au garçon de renouveler les consommations. Harszfield les régla immédiatement en disant d'un air songeur :

— Paraît qu'au début de la guerre civile, la CNT avait interdit les pourboires jugés dégradants.

— C'est loin, ce temps-là ! Tes potes communistes ont vite rétabli les usages ! répondit Mena.

— Ils ont aussi forgé l'Armée populaire !

— Ils auraient mieux fait de forger des canons !

Le ton montait et, une fois de plus, ce fut Riton qui désamorça la querelle.

— Vous allez pas encore vous engueuler ? Pas au moment de se séparer, quand même !

Les deux autres se mesurèrent du regard un court instant, puis échangèrent un clin d'œil.

Le soir tombait très vite, à présent, obscurcissant les rues où des camions militaires bruyants passaient à toute allure, emportant vers le front des troupes sales et démoralisées.

Les sirènes d'alerte retentirent. Seule une petite moitié des consommateurs gagna les caves.

— On aura bientôt ça en France ! dit Harszfield.

— Parle pas de malheur ! répondit Riton.

Mena hocha la tête.

— Robert a raison. C'est inévitable, maintenant...

Il regarda gravement ses amis et ajouta :

— Les gars, pour moi, c'est l'heure. Théoriquement, je suis déjà déserteur.

Ils sortirent dans la rue et se prirent par le cou. Les têtes se heurtaient, les barbes se frôlaient, on pensait à la valse dans les eaux de l'Ebre aux premiers jours de l'offensive victorieuse... Se toucher, se sentir vivre les uns près des autres.

Mena s'éloigna le premier avec Tchouck-Tchouck attaché à un bout de ficelle.

Harszfield, sa haute silhouette voûtée, partit vers le port les larmes aux yeux.

Quant à Riton, se sentant pour la première fois réellement manchot, il se mit à pleurer comme un enfant. Et resta prostré à la terrasse vide du café.

23 janvier 1939 / Madrid

Harszfield ne quittait l'écoute de la radio que pour régler le tir, très contingenté, de sa pièce.

Il tentait désespérément d'obtenir des nouvelles du front de Catalogne où la chute de Barcelone semblait imminente. Afin de se rassurer au sujet de Mena dont les coups éclatants surprenaient toujours l'adversaire. Car, à n'en pas douter, Louis était doué pour la guerre. Son coup d'œil pour juger une situation, son anticipation des manœuvres de l'adversaire, sa lucidité dans les circonstances les plus troubles étaient uniques.

L'inquiétude d'Harszfield était réelle et se doublait d'un fort sentiment de culpabilité depuis son inscription au Parti communiste.

Le parti correspondait tout à fait à ce qu'il en attendait : tout y était planifié et organisé, les ordres ne se discutaient pas. On respectait les officiers. Les choses et la guerre elle-même, dans ce contexte, prenaient une autre coloration. Tout, et jusqu'à la victoire, semblait possible, à portée de main, reposant sur la volonté d'hommes dont les efforts convergeaient vers un seul but : gagner la guerre.

Harszfield ressentait une véritable délivrance tant il lui semblait que son action se chargeait de sens, en parfaite harmonie avec le programme du parti : Armée populaire, commandement unique, mobilisation générale, discipline à l'arrière...

Il faillit aller au bout de lui-même et poser la vraie question : celle de sa mort. Il y songeait depuis les premiers jours, depuis la scène du phalangiste fusillé devant sa mère. Quel sens ce type pouvait-il donner à ce retour au néant, lui qui n'avait en rien infléchi le cours des choses, puisqu'il se cachait dans une cave ?

Ses réflexions le renvoyaient irrésistiblement à l'exécution de ses parents et plus généralement aux manifestations si fréquentes d'antisémitisme. Ces événements l'avaient marqué de façon irréversible et avaient développé chez lui une sensibilité exacerbée. D'où cette conception romantique de l'amitié qu'un hasard heureux, lui faisant rencontrer Louis et Riton, avait magnifiée.

Il s'en voulait, quelquefois, de ne pas être l'homme impitoyable que les événements, d'un point de vue « objectif », auraient dû forger.

Un nouveau communiqué le fit sursauter : Yagüe*, un assassin galonné qui dirigeait une armée marocaine épaulée par les troupes et les blindés italiens, se trouvait devant Barcelone qu'il enveloppait par le nord dans le but évident de couper toute retraite vers la frontière française. Cette nouvelle acheva de déprimer Harszfield. Il tourna le bouton du poste. Et se replongea dans ses pensées. L'efficacité du parti ne lui semblait plus soudain si admirable et, pour la première fois, il la remit en cause. Il se souvint que Louis avait été emprisonné pendant trois semaines par le parti. Et ce brave colonel Juarez, membre du POUM, arraché à son train blindé pour disparaître dans une fosse anonyme comme des milliers d'autres. Et

* Général franquiste.

ce crétin de capitaine polonais, pur produit du parti, totalement insensible au sort de ses frères d'armes mutilés et enfermés dans un wagon sanitaire qu'il se disposait à livrer aux fascistes en faisant sauter le pont prématurément. Tous ces souvenirs ne faisaient qu'accroître l'angoisse qu'Harszfield ressentait. Un monde s'écroulait.

Harszfield se leva, remonta le col de sa longue capote. Il se versa un verre de vin qu'il but d'un trait. Puis un autre. Et un autre encore, jusqu'à ce qu'il ressente une réelle chaleur intérieure et qu'il puisse envisager l'avenir avec optimisme. Mais rien ne venait à bout de ses sombres pressentiments.

Accablé, il ôta sa casquette d'officier, s'assit à sa table, coucha sa tête sur ses bras repliés et murmura :

— Mais qu'est-ce qu'il faut faire, alors ?

Même jour (23 janvier 1939) / Barcelone, la débâcle

Il se sentait épuisé et démoralisé.

Les abords de Barcelone, avec les routes continuellement mitraillées par les avions allemands et jonchées de voitures calcinées, de chevaux crevés et de cadavres d'hommes, de femmes et d'enfants n'étaient rien en comparaison de la ville elle-même, pleine comme un œuf depuis plusieurs jours. Un million de réfugiés, principalement des paysans, se pressaient vers le goulot de sortie — la route de la frontière — sous les raids aériens incessants et terrifiants.

Pourtant, bousculé depuis Tarragone par les fascistes, talonné par les divisions mécanisées italiennes, Mena était parvenu à replier sa dernière batterie en bon ordre au milieu de soldats débandés qui fuyaient vers le nord.

Tchouck-Tchouck sur les talons, il sortit du café où, depuis dix minutes, il tentait de joindre — en vain — l'état-major et resta pétrifié, hésitant entre le fou rire et l'abattement : de sa batterie, il ne restait que les canons. Hommes, chevaux, ravitaillement, armes légères ; tout cela s'était comme évaporé.

Il ne savait trop dans quelle direction se diriger tandis que son chien, étrangement grave, avançait à sa hauteur. Il marchait dans les rues de Barcelone couvertes d'ordures, les éboueurs ayant eux aussi fui vers la frontière. Des bandes de pillards, civils et militaires, s'attaquaient aux vitrines des magasins. Dans les bâtiments officiels, de rares fonctionnaires jetaient par les fenêtres les archives de la République ou brûlaient à même les parquets les documents les plus compromettants. Partis, syndicats et comités avaient déjà détruit ou déménagé leurs fichiers.

Mena déboucha sur une place au moment où un avion allemand passait à l'attaque. Ce qu'il vit le stupéfia : en toute connaissance de cause, le pilote mitraillait un groupe d'enfants et ses accompagnateurs. Comme si cet homme abject trouvait quelque plaisir à voir les gosses hurler de terreur, se disperser telle une volée de moineaux, sauter sous les impacts.

Il ne sut jamais très précisément comment la chose arriva, mais il vit distinctement un enfant d'un an et demi aux cheveux blonds qui courait vers lui en souriant, bouche ouverte sur quatre petites dents, gazouillant de plaisir et ne le quittant pas un instant des yeux alors que l'enfer se déchaînait autour d'eux.

Pourquoi lui, Mena, un étranger, un vaincu, un pauvre type qui allait devoir se chercher une place d'ajusteur ? Pourquoi lui ?

Il tomba à genoux sur le bitume mouillé et ouvrit ses bras qu'il referma sur le petit garçon perdu. A aucun moment, Mena ne se rendit compte qu'il sanglotait lui qui, tout petit, avait également tendu les bras en pure perte tout au long des murs froids de l'orphelinat.

La responsable tenait l'enfant par la main et le ramenait vers le convoi. Mena fit demi-tour, revint sur ses pas et retourna brusquement la jeune femme en l'empoignant par l'épaule.

— Il m'a choisi !

Elle le regarda froidement.

— A quinze mois, on ne choisit rien ni personne.

Mena sortit son pistolet soviétique et appuya le canon sur la tempe de la jeune femme :

— Il m'a choisi ! Moi ! Il m'a choisi !

La jeune femme sourit, un peu comme si elle avait voulu tester la détermination de Mena qui, rengainant son arme, prenait l'enfant dans ses bras.

— Il est orphelin, dit-elle. Puis, désignant les autres enfants, vivants ou morts : ils sont tous orphelins. Ils viennent de Lérida.

Mena hocha la tête, mais c'est le bébé qu'il regardait.

L'accompagnatrice avait pris sa décision depuis le début, depuis la première seconde : avec cet officier expérimenté, décoré et déterminé, le gosse passerait la frontière sans se faire tuer sur les routes. « Fils » d'un Français, son avenir s'annonçait moins sombre que celui des autres.

Il lui restait peu de temps, aussi décida-t-elle d'en finir vite.

— Il a des poux !

— Moi aussi ! répondit Mena.

— Vous ne savez rien de ses parents, capitaine.

Mena lui sourit gentiment :

— Je ne sais rien non plus des miens. Vous voyez, moi aussi j'étais orphelin.

Elle lui rendit son sourire, regrettant de ne pas l'avoir connu en d'autres circonstances.

— On l'a appelé Manuel. Dites que sa mère, votre compagne, a été tuée dans un bombardement.

Elle jeta un regard à Tchouck-Tchouck et, un peu émue, ajouta :

— Bonne chance ! Bonne chance à tous les trois !

30 janvier 1939 / l'exode, frontière franco-espagnole

A part de rares unités et une arrière-garde formée d'anciens des Brigades internationales, on ne se battait plus.

La Catalogne s'effondrait comme un château de cartes. Les petits villages voyaient leur population passer de un à dix, de un à cent et davantage encore...

Dans le camp fasciste, on se préparait à la curée.

Mena ne demandait plus. Pistolet au poing, l'air dur, il finissait toujours par trouver la ration de lait nécessaire à Manuel. De même, il avait « réquisitionné » un stock de serviettes dans un hôtel de Mataro qu'il utilisait comme langes, satisfait de parfaire sans cesse sa technique : une capote sur le sol, une autre soutenue par un fusil dressé — baïonnette en terre — et formant auvent, la serviette faisant office de lange qu'on remplace par une nouvelle... Enfin, à côté de ses galons, dans sa vareuse, des épingles à nourrice.

Puis, l'enfant dans les bras, un Tchouck-Tchouck squelettique sur les talons, il reprenait sa marche dans la neige, zigzaguant entre les voitures abandonnées, les ânes morts, les canons laissés sur place... Il exhalait son souffle chaud sur le visage du petit enfant roulé dans deux capotes militaires.

Il semblait que pour l'immense colonne de réfugiés, outre la faim et le froid, il importait d'entrer en France avec dignité.

Du haut d'un surplomb, des unités jetaient dans le vide voitures, camions, canons et tanks plutôt que de les donner aux Français qui les restitueraient à Franco.

« *Francia ! Francia !* »

L'écho lui parvint.

Il fut tenté, comme certains, de se baisser et de remplir une de ses poches de terre espagnole, mais la peur du ridicule l'en empêcha.

Une triple rangée de gardes mobiles armés et casqués encadrait le panneau « Le Perthus ».

Il ne s'aperçut pas que son corps réagissait à l'épilogue de son aventure espagnole par une brutale envie de vomir.

— Hé là, toi, le capitaine ! Ho ! *Vamos !*

Mena s'immobilisa face au garde mobile qui, goguenard, souffla à un de ses collègues :

— Celui-là, il devait être moins pressé pour monter à la riflette devant Franco !

Mena serra les dents, puis répondit d'une voix de basse :

— Empaffé, quand tu auras les fascistes au cul, d'ici un an, on verra bien si tu tiens aussi longtemps que nous avons tenu et si Paris fera aussi bien que Madrid !

Le gendarme mobile, par pur réflexe, songea d'abord à lui envoyer un coup de crosse de mousqueton au visage. Mais il se souvint que l'autre était tout de même capitaine et qu'il existait des instructions extrêmement strictes concernant « les citoyens français franchissant la frontière sous l'uniforme républicain ».

— Français ? demanda-t-il d'un ton rogue.

— Français.

— Papiers français ?

— Livret militaire de l'armée républicaine espagnole.

— C'est ton gosse ?

— C'est mon fils. Il est français aussi.

— Et ça, c'est ton clebs ?

— C'est mon chien. Il est français aussi.

— T'as des armes ?

— Mon canif. Il est français aussi. Mais d'origine suisse.

— Va voir dans la cahute, à gauche. Pour les Français, c'est pas pareil.

Mena se dirigea vers le petit bâtiment lorsque le garde mobile ajouta :

— Hé, le rouge ! Ici, t'es plus capitaine. Ici, tu redeviens de la merde. J'ai noté ton nom, à tout hasard : la vie est longue...

Mena songea au pistolet soviétique dissimulé dans les « langes » de Manuel, mais il se contenta de se retourner en souriant :

— On verra bien si la tienne est si longue que ça. J'ai bien noté ta gueule et ton unité... empaffé !

30 mars 1939 / poche d'Alicante

La mer s'étendait à l'infini. Sous un palmier — ou plutôt ce qu'il en restait car un obus l'avait sûrement frôlé de trop près —, Harszfield était prostré, la tête entre les mains, les coudes sur les genoux... Et le regard perdu, très loin. Il ne réagit même pas au fracas de verre — des soldats pillaient les vitrines de la rue.

Alicante était le dernier port libre de la République mourante — Valence était tombée aux mains des phalangistes de la Cinquième Colonne. Les communistes s'y étaient regroupés dans l'attente de bateaux qui ne venaient pas.

Sur la plage, matériel de guerre saboté, voitures incendiées et effets militaires abandonnés par des déserteurs s'amoncelaient entre les cabines de bain défoncées.

La zone du port où se trouvaient les réfugiés avait été isolée derrière une barricade constituée de sacs de sable et de voitures coupant la route d'accès tandis que quelques blindés démodés, embusqués de part et d'autre, étaient censés arrêter les centaines de milliers d'hommes de l'armée franquiste.

Militants, civils, soldats bivouaquaient n'importe où, parfois par familles entières, à peine dérangés par les coups de feu isolés qui signifiaient autant de suicides.

La campagne alentour, les villages et même les villes avaient été désertés dès que la rumeur annonçant des « bateaux français » y était parvenue.

Un silence sinistre entourait le port où quinze mille personnes attendaient depuis des jours face à une mer désespérément vide.

Harszfield se sentait seul. Depuis des heures, il ressassait les événements du 4 mars. Impossible de comprendre, de saisir le retournement dramatique qui s'était alors produit.

Ce jour-là, juste après le douzième coup de minuit sur les ondes de Radio-Madrid, la nouvelle était tombée, plongeant tout le monde dans la stupeur.

Suite au coup d'Etat, le colonel Casado s'annonçait prêt à négocier avec Franco « une paix dans l'honneur ».

Le gouvernement Negrín destitué, putschistes « modérés » et communistes s'affrontaient dans Madrid et Harszfield, le cœur serré, avait lancé ses canons contre les « putschistes » du 4e corps d'armée. Ceux-là même qui, la veille encore, étaient des frères d'armes.

En moins de quinze jours, l'armée républicaine pourtant forte de sept cent mille hommes s'était dissoute. Les soldats se rendaient par milliers ou, jetant leurs uniformes, rentraient chez eux. Ou bien se précipitaient vers le littoral pour y trouver les fascistes arrivés avant eux.

Harszfield longeait la mer, la houle ballottait des cadavres. Des suicidés, tous. Amer, il songeait que Negrín, Diaz, La Pasionaria, les généraux Lister, Modesto, El Campesiono et tous les cadres importants du parti avaient fui depuis longtemps, apparemment indifférents au sort de la piétaille d'Alicante.

Il déchira lentement sa carte du Parti communiste. Puis, sans plus de hâte, il détruisit son livret militaire et ses papiers personnels : un volontaire étranger, un « international » capturé par les fascistes n'avait pas l'ombre d'une chance d'échapper au peloton d'exécution ou à la balle dans la nuque.

La mer était vide de tout bâtiment depuis des jours, et il comprit qu'il ne fallait rien espérer de ce côté-là. Il était bel et bien pris dans un piège.

Il prit soudain conscience du silence total qui l'entourait. La ville semblait figée. Aucun bruit.

Habituellement, à ce moment de la journée, le début de l'après-midi, Alicante bourdonnait d'une très légère rumeur. Jamais, en tout cas, un tel silence n'avait duré aussi longtemps.

Ses voisins restaient aussi immobiles, paralysés. Les mots mouraient sur les lèvres de ceux qui supputaient encore et discutaient pour y croire davantage.

Quinze mille personnes retenaient leur souffle.

On entendit d'abord les fifres et les tambours, sinistres, glaçants. Puis le cliquètement des chenilles de chars. La division italienne « Littorio » investissait Alicante, coupant le port et les républicains de la ville déjà soumise.

Les détachements se succédaient au pas cadencé, armes et mitrailleuses des chars pointées vers les rouges qui répondirent en brandissant des milliers de poings fermés et en scandant « *Extranjeros, no !* ».

Mais les fascistes, cette fois, ne firent que passer, dédaignant provisoirement ces quelques kilomètres carrés, dernier et dérisoire bastion de la République.

La preuve s'imposait, en attendant les Maures : on ne pouvait quitter Alicante ni par la terre, grouillante de troupes italiennes et de phalangistes, ni par la mer, dont l'horizon était désespérément vide.

Harszfield ne bougeait pas. Le roulement de la mer charriait avec lui la résurgence d'images douloureuses. Chaque vague qui se brisait portait un souvenir, court et sec. Autant de blessures. Il se mit à parler à voix haute, comme si sa propre voix pouvait le tirer de l'angoisse qui l'envahissait peu à peu.

« Est-ce que j'aurais pu faire autrement ? »

Son avenir lui échappait. Il avait vécu tous ces événements, fort d'un engagement sincère pour des gens, des amis, pour des idées. Mais, à présent, seul sur ce rivage au milieu de cette débâcle désespérée, le sens de sa vie s'évanouissait tel un mirage.

« Fallait-il nécessairement toutes ces erreurs, toutes ces fausses pistes, toutes ces ombres ? Et Louis, et Riton ? Où sont-ils ? Où sont-ils ? Comment vont-ils s'arranger avec la vie ? Après tout, peut-être sont-ils plus sages... Riton est sûrement parmi les siens, Mena aussi sans doute, parmi ses camarades de batterie... »

L'évocation de ses amis ne pouvait pas non plus le distraire de son obsession. Face à l'ampleur du drame qui se jouait ici, il se sentait définitivement anéanti. Il s'allongea face à la mer et serra une grenade contre sa poitrine. Il pensa à des choses merveilleuses, à ses parents, à Riton courant après le train et tendant la main, celle qu'il perdit ensuite dans une rafale de mitrailleuse. Il se sentait en accord avec ce qu'il y a de plus doux dans le monde et, au moment de mettre bas les armes, espérait de toutes ses forces que Louis ne se vengerait pas de l'assassin de Lucie.

Il dégoupilla très lentement la grenade.

A l'autre bout de la ville, des prisonniers politiques creusaient la fosse où on le balancerait, deux jours plus tard.

22 mars 1945 / Paris, XIIIe arrondissement

Le petit restaurant du boulevard de la Gare avait dû connaître des jours meilleurs, des couples d'amoureux, des familles ouvrières, des serveuses débordées qu'escortaient les regards des célibataires.

Mais les célibataires, mobilisés, fonçaient vers Berlin...

Cela faisait trois heures que Riton et Mena étaient là. Leurs retrouvailles, après six ans de séparation, n'avaient rien de naturel. Trop de distances prises au cours de ces longues années agitées par la guerre. Trop de choses à dire. Ou à taire. La complicité de jadis avait fondu, la spontanéité de l'un et de l'autre n'arrivait plus à s'exprimer. Le petit garçon brisa le silence qui s'installait depuis quelques minutes.

— Papa ! Papa ! Il y a « la vaine louchante » !

— Assieds-toi, Manuel. Ou plutôt... Regarde si tu vois le petit bonhomme avec sa charrette pleine d'étoiles.

Adroitement, Riton parvenait à couper seul son camembert et à tartiner des morceaux de pain qu'il absorbait entre deux gorgées de côtes-du-rhône.

— Il connaît « la vaine louchante », ton gars ?

— Je lui ai appris. Et le petit bonhomme avec sa

charrette pleine d'étoiles, j'avais cru voir ça, une nuit, pendant la bataille de l'Ebre... L'Ebre !

Riton s'essuya les lèvres et chantonna, bientôt imité par Mena :

El ejercito del Ebro
rumba la rumba la rumbaba
Una noche el rio paso
ay Carmela ay Carmela

Ils restèrent un instant pensifs puis, changeant délibérément de sujet, Mena remarqua :

— Sardines à la tomate, hachis parmentier, camembert : il est formidable, ton petit restaurant !

— Oh, c'est pas toujours comme ça, mais j'ai fait prévenir le patron par les gosses que ce soir, c'était pas comme d'habitude. Son fils est mort au maquis, alors l'Espagne, il comprend.

— Je vois. Je suis désolé, pour ta femme.

— Non, c'est moi ! dit Riton. Sois gentil, Louis, lui en veux pas : pour elle, t'es l'Espagne et l'Espagne, c'est mon bras perdu.

— Je comprends, t'en fais pas pour moi, Riton.

Ils ne surent éviter un nouveau silence puis Riton, profitant qu'on leur servait une crème au caramel, demanda :

— Et ton chien, Tchouck-Tchouck ?

— Il est mort. Il était vieux. Il est passé l'hiver dernier. N'en parle pas devant le gosse.

— Je vois !

— Et tu gagnes bien, dans la carte de visite ?

— C'est variable, comme pour tous les représentants. Mais j'ai juste une petite valoche à porter. J'ai une clientèle fixe et je connais bien le boulot, maintenant.

Mena faisait des efforts pour animer la conversation.

— Et puis tu connais Paname sur le bout des doigts !

— Ça, tu peux le dire. Et toi ? Quoi de neuf ?

— L'usine, tu sais, que ce soit à Toulouse ou à Paris... Et puis je m'occupe beaucoup du gosse.

— Il sait ?

— Je lui ai dit que j'étais pas son père, que je l'avais ramassé à Barcelone pendant la débâcle de Catalogne.

— Ebre, Barcelone, Catalogne... Putain, ça fait drôle tous ces noms... Il a l'air bien élevé, ton gosse.

— C'est toute ma vie !

— Et t'as jamais voulu te marier ?

— Non.

— A cause de Lucie ?

— Il y a ça. Et puis j'ai pas le temps.

— Tu me charries ?

— Non. Quand je m'en occupe pas, je bouquine beaucoup pour qu'il n'ait pas honte de moi, plus tard. Et ce que je lis, je lui apprends avec mes mots. Tu sais, chaque soir, je lui lis du Dickens ou j'invente des histoires.

— Ça me fait drôle d'entendre ça ! Quand on s'est vu la dernière fois, t'étais capitaine d'artillerie et t'en voulais.

Mena haussa les épaules.

— Ben maintenant, je suis ouvrier. Qu'est-ce que tu veux que je te dise ?

Le patron servit les cafés et les marcs.

— T'aurais pu m'écrire, non ? demanda Riton.

— Où ? J'étais bloqué à Toulouse. En plus, pendant le grand bordel de juin 40, j'avais déserté en profitant de la débâcle...

— Toujours ton gosse ?

— Toujours. C'était plus pareil. Je suis spécial, tu comprends, moi j'ai jamais eu de famille.

— Et la Résistance ?

— Je me suis fait oublier. Tu sais, un ancien d'Espagne, avec la milice et les nazis... A la fin, des copains de la CNT sont venus me chercher pour servir un 88 mais j'ai pas fait d'étincelles. La main passe, comme on dit.

D'un signe, Riton commanda de nouveaux marcs. Comme il cherchait un sujet de conversation, Mena demanda d'un ton neutre :

— Et le fils Chastenet ?

Riton lui jeta un regard perçant :

— Le vieux est mort. Le Spahi aussi, déporté. Ça a été un vrai résistant, le Spahi. Marrant, hein ? Le fils Chastenet, c'est pas pareil. Il a repris l'usine et augmenté tout le monde. On dit que c'est un bon patron... Il n'y a plus jamais de grève à l'Electro-Mécanique...

— Je vois.

— Tu vas faire quelque chose ?

Mena sourit :

— Non.

Le silence, de nouveau.

Riton regardait l'homme qui lui faisait face. Des cheveux grisonnants, des mains abîmées, toujours un regard sur son fils... Il le sentait ailleurs. Louis Mena était mort, le nouveau était différent, ayant pratiquement oublié l'homme d'action qu'il avait été. Leur jeunesse était derrière eux. Ils vieillissaient et leur monde avec. La guerre d'Espagne, qui s'en souvenait après le grand coup de gomme de la Seconde Guerre mondiale, autrement plus importante aux yeux de l'histoire ?

Il savait qu'il ne reverrait pas Mena. Certes, celui-ci l'aimait bien — et sans doute penserait-il encore souvent à lui —, mais ils ne se rencontreraient jamais plus.

Parce que ni l'un ni l'autre ne le souhaitaient. Parce

que leur face-à-face serait toujours associé à un passé qu'ils préféraient oublier.

— Ça m'a vraiment fait plaisir ! dit Mena, gêné.

— Maintenant, on ne se perd plus ! Tu as mon adresse et j'ai la tienne.

Un long silence.

— C'est drôle, constata Riton, je me demande souvent ce qu'auraient été nos vies sans l'assassinat de Lucie...

Mena se souvint de Lucie puis songea à Manuel qu'il avait emmené au manège en sortant de la gare.

Il se dit alors que le monde est rempli de petits bonheurs à l'image des enfants courant et dansant avec quelques mètres d'avance sur leurs parents quand la famille se rend à la fête foraine. Un petit bonheur simple, diffus, cotonneux comme de la barbe à papa, doux comme les petits cochons de pains d'épice sur lesquels on grave votre nom avec du sucre fondant, et enchanteur comme *Le Temps des Cerises*, joué sur un vieil orgue de barbarie.

Il chercha une réponse à la question de Riton mais en vain.

— Je sais pas. En tout cas, Robert serait peut-être là. Il me manque...

— T'as su quelque chose ? demanda Riton.

— Rien de précis. Il paraît qu'il est mort à Madrid, derrière son canon, pendant le putsch de Casado.

Riton vida d'un trait son petit verre d'alcool.

— Dommage. Parce que maintenant, il n'y aura plus jamais de guerre. Nulle part. Ça va aller mieux. La vie va aller mieux.

— On s'est quand même battus pour ça !

Il faisait froid sur le trottoir. Manuel, le béret enfoncé sur la tête, sa pèlerine bien fermée, titubait de fatigue.

Mena et Riton se donnèrent l'accolade.

— Ça me rappelle nos adieux à Barcelone ! dit Riton.

— Ouais. *No Pasaran*, tu te souviens ?

— Sauf qu'ils sont passés, tous ces fumiers. Allez, on se perd plus de vue. Tu prends le train de nuit ?

— Oui, on repart à Toulouse. Ici, pour moi... Allez, *Salud, Hombrecito !*

— *Salud, Hermano !*

Riton regarda s'éloigner l'homme un peu voûté et le petit garçon qui, main dans la main, marchaient sur les trottoirs luisant de pluie. Il eut le sentiment fugace que plus rien, à présent, ne le séparait de la mort, comme si la dernière digue s'était rompue.

Il ferma les yeux et murmura :

— Quelle connerie, tout ça !

Lorsqu'il rouvrit les paupières, le trottoir était désert.

DU MÊME AUTEUR

Aux Éditions Denoël

BLEU DE MÉTHYLÈNE

POLICHINELLE MOUILLÉ

QUERELLEUR

L'ADIEU AUX ANGES

CLAUSE DE STYLE *(rééd. Folio)*

LES ENFANTS DE LUNE

Chez d'autres éditeurs

TUEURS DE FLICS *(rééd. Néo,* 1984*)*.

LA NUIT DES CHATS BOTTÉS *(rééd. Néo,* 1982*)*.

LE LOUP PAR LES OREILLES *(Néo)*, 1980.

SNIPER *(Fayard)*, 1981.

GENTIL, FATY ! *(Fayard)*, 1981.

LA THÉORIE DU 1 % *(Néo)*, 1981.

LE SOUFFLE COURT *(Néo)*, 1982.

LA COLLINE DE CRISTAL *(Néo)*, 1983.

LA MARE DU PETIT MALHEUR *(Néo)*, 1984.

AU-DESSUS DE L'ARC-EN-CIEL *(Néo)*, 1984.

LE FAISEUR DE NUÉES *(Néo)*, 1984.

SPEAKEASY *(Néo)*, 1985.

BROUILLARD D'AUTOMNE *(Mazarine)*, 1985.

MORT D'UN LAPIN URBAIN *(Néo)*, 1985.

LA NÉBULEUSE DU NORD *(Néo)*, 1985.

DES LENDEMAINS ENCHANTEURS *(Néo)*, 1986.

LE LOUP D'ÉCUME *(Albin Michel)*, 1986.

MÉLODIE BLEU NUIT *(Néo)*, 1987.

AU BORD DE LA MER BLANCHE *(Gallimard)*, 1987.

JEUNES FEMMES ROUGES TOUJOURS PLUS BELLES *(rééd. Messidor, 1990)*.

L'HOMME DE BERLIN *(Néo)*, 1989.

MÉLANCOLIE POUR CHEVAU-LÉGER *(Néo)*, 1990.

UN HOMME EN HARMONIE *(Payot)*, 1990.

POUSSIÈRE D'ÉTERNITÉ *(Messidor)*, 1990.

Impression Brodard et Taupin,
à La Flèche (Sarthe),
le 15 février 1991.
Dépôt légal : février 1991.
Numéro d'imprimeur : 6693D-5.
ISBN 2-07-038336-9 / Imprimé en France.

51579